U0146705

走近中国·作家文丛 | 丛书主编 钱林森

盛唐之恋

杨贵妃与唐玄宗

La Passion
de
Yang Kwé-Feï

George Soulié de Morant

［法］乔治·苏里耶·德·莫朗——著
杨振——译

中央编译出版社
CCTP
Central Compilation & Translation Press

图书在版编目 (CIP) 数据

盛唐之恋：杨贵妃与唐玄宗 / (法) 乔治 · 苏里耶 · 德 · 莫朗著；杨振译 . -- 北京 : 中央编译出版社，2023.10

ISBN　978-7-5117-4237-7

Ⅰ. ①盛…　Ⅱ. ①乔…　②杨…　Ⅲ. ①历史小说 – 法国 – 现代　Ⅳ. ① I565.45

中国国家版本馆 CIP 数据核字 (2022) 第 149954 号

盛唐之恋：杨贵妃与唐玄宗

出版统筹　张远航
特约策划　贾宇琰
责任编辑　翟　桐
责任印制　李　颖
出版发行　中央编译出版社
地　　址　北京市海淀区北四环西路 69 号 (100080)
电　　话　(010)55627391(总编室)　(010)55627302(编辑室)
　　　　　(010)55627320(发行部)　(010)55627377(新技术部)
经　　销　全国新华书店
印　　刷　北京文昌阁彩色印刷有限责任公司
开　　本　880 毫米 × 1230 毫米　1/32
字　　数　108 千字
印　　张　6
版　　次　2023 年 10 月第 1 版
印　　次　2023 年 10 月第 1 次印刷
定　　价　58.00 元

新浪微博：@ 中央编译出版社　　微　信：中央编译出版社(ID: cctphome)
淘宝店铺：中央编译出版社直销店 (http: //shop108367160.taobao.com) (010)55627331

本社常年法律顾问：北京市吴栾赵阎律师事务所律师　闫军　梁勤
凡有印装质量问题，本社负责调换，电话：(010)55626985

为“走近中国”文化译丛作序

雷米·马修

在古希腊古罗马时代结束了很长时间之后，欧洲世界转向了中国，却丝毫不了解中国之文化何其博大、中国之历史何其流长、中国之疆域何其广袤、中国之人口何其众多。那么，为什么要走近中国？要知道，要不是因为那条自罗马帝国时代以来就闻名天下的丝绸商贸之路，中国对欧洲一直也并未表现出多少兴趣。钱林森教授主持了一项卓越的事业，就是通过主编这套“走近中国”文化译丛，从历史和跨文化的角度，来回答这个宏大而复杂的问题。该译丛收录了丰富多彩的著作（原著多为法文和英文），以帮助人们理解这样一些对中国都充满着热爱，或者最起码充满着浓厚兴趣的欧洲知识分子是如何从自己的旅行记忆、宗教信仰以及各自时代所获得的科学知识出发，自以为是地对中华文明加以解读和诠释的。

在欧洲与远东交往的历史上，起初有三种动机推动着欧洲人去发现中国：宗教、商贸和对未知事物的了解欲。可以说，这样一段发现的历程多少是遵循了这样一个历史演进规律的。在信奉基督的欧洲，人们有一种要引领新的族群皈依“真正信仰”的信念。正是这种信念帮助天主教扩张到了美洲、非洲，当然还有亚洲。尽管欧洲早已有人远赴中国探险，但西方渗入中国的最初尝试，应该算是传教士们（在十六世纪末）的成就。他们甚至还为此设立了一些长期稳定的传教使团，其中大多由耶稣会会士或多明我会会士领导。这些传教使团在中国大陆的存在一直持续到将近 1950 年时才告终结。所以，欧洲最初获得的有关中国的信息，要归功于这些教士，他们在努力培养信徒的同时，执着地自以为从中国人的思想和信念中发现了属于原始基督教的一些遥远的、变形的元素。当然，我们现在都知道，他们的这些先入为主的观念导致他们在理解中华文明时犯下了多么重大的错误。

紧随传教使团之后，或者说与之同步，掀起了解中国第二波浪潮的，是商人。这波浪潮在十七世纪，也就是路易十四时期，渐渐成为时代的潮流。那时，全欧各国贵族以及从事商贸的资产阶级的家里都充斥着来自中国的丝绸、瓷器和青铜器。资产阶级也希望能在亚洲，尤其是在中国，为自己的商品找到一片广阔的市场，而不需要承受太多的道义负担。这些富裕的家庭以及这些掌权的贵族对这些他们连产地名称都不清楚的“中国货”趋之若鹜。我们都知道，这样一种进攻态势的经济帝国主义发展到十九世纪，就导致了一些政治争端和军事战争，其中的标志就是两次鸦片战争以及随后那些给中国留下如此糟糕记忆的一系列“不平等条约”。无论如何，西方的商人们还是获得了对这个丝绸及牡丹之国的认识，尽管这种认知是以经济利益为基础的，并且因为方法论的缺陷而常常充满了误解。

最后，从十九世纪始直至今日，以西方文人为主体构成的“汉学家”群体一直致力于解读和传播古代传统中国的语言、文学、艺术、社会学和历史……要想理解中国是如何被西方“走近”的，首先就应该向他们求教。虽然不可否认，这些学者中有相当多也曾是传教士或商人，在解读古代和现代中国的运作机制上曾经有过宗教信仰或经济利益上的考量，但从此，欧洲涌现出了众多懂得中华文明的专家。当然，也不要忘记日本的学者，他们对汉字文化的熟悉程度是他们的明显优势所在。

本套丛书收录的著作并不能完整地反映欧洲汉学研究的全貌。要知道，所有的西方国家都曾经从各自的传统、各自的经济利益、各自的地理位置以及各自当时的政治或军事实力出发，来寻找通往中国的道路。葡萄牙、波兰、俄罗斯、荷兰、瑞典……这些国家虽然算不上欧洲汉学研究的大国，也算不上最强大的帝国主义列强，但它们也都曾开辟了自己通向中国的道路。这第一批书目收录的只是一些英文和法文原著的作品，但还是能让中国读者窥见现当代西欧对中国的看法。它也使读者可以重新发现一些伟大的学者，比如洪堡（Alexander von Humboldt，1769—1859），其研究领域虽然主要集中于自然科学和世界地理，但他其实也是最早关注中国语言的德国科学家之一。他曾和雷慕沙（Jean-Pierre Abel-Rémusat，1788—1832）合出过一部题为《关于汉语有益而有趣的通讯》（*Lettres édifiantes et curieuses sur la langue chinoise，1821—1831*）的文集，为法国学院派汉学研究贡献了一块主要基石。

汉语，因其不属于印欧语系并且表现出诸如"单音节""多音调"等与欧洲语言完全不同的特征，而常常成为西方作者进行自我观照的一个选项。本套丛书收录了一些或多或少涉及此类问题的作者及著作。比如白吉尔（Marie-Claire Bergère）和安必诺（Angel Pino）在1995年出版的《巴黎东方语言学院百年汉语教学论集（1840—1945）》（*Un Siècle d'enseignement du chinois à l'École des Langues orientales, 1840—1945*）就回顾了东方语言学院汉语教学的历史。而在那之前，在雷慕沙的推动下，巴黎的法兰西公学院（Collège de France）早在1815年就已经开始了大学汉语教学。

在语言方面，中国诗歌在现代出版物中占据重要地位。这在很大程度上要感谢朱笛特·戈蒂耶（Judith Gautier, 1845—1917），她把许多中国古诗译介成法语，于1867年编成了一本非常出色的集子《玉书》（*Le Livre de jade*），成为第一位编纂中国诗集的作家。这部作品令法国人了解了从上古至十九世纪的中国诗歌浩瀚的数量和卓越的品质，更让法国的诗人们领略了中国的诗歌艺术。1869年，她又［以其婚后姓名朱笛特·芒代斯（Judith Mendès）］出版了《皇龙》（*Le Dragon impérial*），深刻地影响了那个时代法国的精神世界，受到了维克多·雨果（Victor Hugo）和阿纳托尔·法朗士（Anatole France）的高度赞誉。到了离我们更近的时代，仍有一些法国作者将心血倾注于伟大的中国古诗，或加以研究，或进行译介。正如郁白（Nicolas Chapuis）在其于2001年出版的《悲秋——古诗论情》（*Tristes automnes*）中所出色完成的那样。他所因循的，是葛兰言（Marcel Granet, 1884—1940）在一个多世纪前走过的道路。葛兰言曾经出版过一本《中国古代的节庆与歌谣》(*Fêtes et chansons anciennes de la Chine*)，试图通过对《诗经》中许多诗歌的翻译和解读勾勒出古代中国社会的轮廓。走在相似道路上的，还有英国的大汉学家阿瑟·韦利（Arthur Waley，1889—1966），他为欧洲贡献了大量中国和日本诗作的翻译。他之所以被收录于本套丛书，凭借的是他最有名的那部献给伟大诗人李白的著作《李白的生平与诗作》(*The Poetry and Career of Li Po*，*701–762 A.D.*)，这部著作迄今依然是西方汉学研究的权威之作。而美国杰出汉学家狄百瑞（William Theodore de Bary，1919—2017）的研究显然更加集中于哲学层面，他于 1991 年出版了《为己之学》(*Learning for One's Self: Essays on the Individual in Neo-Confucian Thought*)，努力地向好奇的西方读者介绍中国的“理学”思想。他可以算是一位向本国同胞乃至向全世界大力推介远东哲学的学院派汉学家。从一定程度上说，于 1924 年出版了《盛唐之恋》(*La Passion de Yang-Kwé-Feï, favorite impériale*）的乔治·苏里耶·德·莫朗（George Soulié de Morant，1878—1955）也是如此，他改编了唐朝杨贵妃等人的历史故事，并借机引述翻译了杜甫的一些诗篇。同一时期有一本题为《论中国文学》(*Essai sur la littérature chinoise*）的小册子也是他 [以笔名乔治·苏里耶（Georges

Soulié)] 发表的作品。

许多关于中国的作品，都是西方的学者文人编著的他们在中国旅行或生活的记录，但也有一些出自普通西方旅行者的笔下。他们只是想把自己的印象告诉当时的同胞，让后者了解有关中国这个遥远国度的真实或假想的神秘之处。其中最古老的一部，大约是《曼德维尔游记》(*The Travels of John Mandeville*)，该书作者身份不明，应该是生活在十四世纪的欧洲人；他以极尽奇幻绮丽的笔法详细地记载了他远行东方的历程。该书有可能对马可·波罗（Marco Polo，1254—1324）的精彩故事也产生了影响。本套丛书收录了离我们更近的克洛德·法莱尔（Claude Farrère）于 1924 年出版的《远东行记》(*Mes Voyages: La Promenade d'Extrême-Orient*)，令人不由得联想到皮埃尔·洛蒂（Pierre Loti）、亨利·米肖（Henri Michaux）、亚瑟·伦敦（Arthur Londres）等欧洲记者及作家，他们都曾在二十世纪初启程奔赴这个尚不为世人了解的远东国度，然后又都把充斥着令他们感觉奇特的画面、声音和气味的回忆带回到了西方。路易·拉卢瓦（Louis Laloy，1874—1944）在 1933 年出版的《中华镜》(*Miroir de la Chine: Présages*，*Images*，*Mirage*）也属于这一大类。拉卢瓦对中国的音乐着墨颇多，因为他是当时为数不多的对中国音乐颇有钻研的专家之一；他还发表过多项关于中国乐器和中国戏剧的研究成果。值得一提的，还有乔治－欧仁·西蒙（G.–Eugène Simon，1829—1896），他的《中国城》（*La Cité chinoise*）讲述了自己作为领事的回忆，在欧洲大获成功。许多曾经在中国居住或生活过的法国或英国的作家都用各具风格的文字记述了自己在中国的见闻，他们的作品不仅体现了他们的美学情感、文化体验，而且具有重要的文学价值。其中，值得人们铭记的名字有谢阁兰（Victor Segalen，1878—1919），他创作了大量中国主题的文学作品，包括本套丛书收录的优秀作品《中国书简》（*Lettres de Chine*）。还有毛姆（William Somerset Maugham，1874—1965），他于1922年发表的《中国屏风上》（*On a Chinese Screen*）是一部以中国作为背景的旅行日记式短篇小说集。哈罗德·阿克顿爵士（Harold Acton，1904—1994）发表的题为《牡丹与马驹》（*Peonies and Ponies*）的集子也很有名，那是他在长居北京期间写成的，用一种纯英式的幽默记录了英国人和中国人之间的文化碰撞。从奥古斯特·博尔热（Auguste Borget，1808—1877）的笔下，也能读到同样的文化碰撞，他的《中国和中国人》（*La Chine et les Chinois*）采用欧洲中心的视角去观照中国文化中“奇丽”的一面，颇受向往异域情调的西方读者们的欢迎。与此观点一致的，还有法国记者保罗－埃米尔·杜朗－福尔格（Paul–Émile Durand-Forgues，1813—1883）以笔名“老尼克”（Old Nick）创作的《开放的中华》（*La Chine ouverte*，1845年首版，2015年再版）。这本书如其书名所示，讲述了在惨烈的鸦片战争之后，中国被迫向西方列强打开大门。但最妙的，还要数儒勒·凡尔纳（Jules Verne，1828—1905）在其1879年的杰作《一个中国人在中国的遭遇》（*Les Tribulations d'un Chinois en Chine*）中虚构的幻想之旅，充满了丰富的创意，后来在法国还被改编成了电影。

雷威安（André Lévy）在1986年翻译推出的《1866—1906年中国士大夫游历泰西日记摘选》（*Les Nouvelles lettres édifiantes et curieuses d'Extrême-Occident par des voyageurs lettrés chinois à la Belle Époque*，*1866–1906*）的一大成就，是展现了十九世纪末到欧洲游历的中国旅行者的反应，由此让我们看到了东方人对当时他们极为陌生的欧洲世界的看法。同样属于中国对西方进行见证这一类型的作品，还有陈丰·思然丹（Feng Chen–Schrader）在2004年出版的《中国文书——清末使臣对欧洲的发现》（*Lettres chinoises: Les diplomates chinois découvrent l'Europe*，*1866–1894*），让我们

了解到清末中国的来访者在接触到欧洲时的所思所想。要知道，在那个互不了解的时代，中国和欧洲对彼此的认识同样少得可怜。

如前所述，中国艺术对欧洲的渗入始自路易十四时代。在法国，这种渗入在路易十五及路易十六时代进一步增强，这与中国的清朝在十八世纪达到鼎盛时期是一致的。中国艺术在法国登堂入室，对于十九世纪前夕的法国人了解中国文化至为关键。与此同时，中欧之间的商贸交流获得了重大飞跃，渐渐形成了欧洲产品对远东的经济入侵之势。亨利·考狄（Henri Cordier，1849—1925）1910 年发表的名著《18 世纪法国视野中的中国》（*La Chine en France au XVIIIe siècle*）对这种同时出现在艺术和经济两个领域里的现象进行了研究。虽然直到二十世纪初，欧洲人对中国的思想一直不甚了解，但他们对中国的艺术表达却知之颇多，考狄的研究正好能够帮助我们理解这一点。当然，欧洲人对中国文化表达方式的认识并不局限于绘画、雕塑或丝绸艺术。中国的文学，尤其是中国的诗歌也进入了西方知识界，并给予了西方文学家和诗人们许多灵感和启迪。我们之前已经说过，这首先要感谢朱笛特·戈蒂耶。2011 年，岱旺（Yvan Daniel）通过其在《法国文学与中国文化（1846—2005)》中出色的研究，对历史这一尚不甚为人所知的方面进行了分析。他考察了约1840年前后的法国文学作品，尤其是保罗·克洛岱尔（Paul Claudel）以及谢阁兰的作品，论证了戈蒂耶译介中国诗歌对他们产生的影响。而在1953年，即新中国成立几年之后，明兴礼（Jean Monsterleet）在其《当代中国文学的高峰》中，对百年之后的中国文学文化重新进行了一番梳理。这种以竭尽全力打倒旧文化为目标的新文化，将中国的一种新面貌呈现在了对中国革命时期（1920—1950）涌现的当代中国作家知之甚少的西方读者眼前。我们还要指出的是，明兴礼是曾经在中国和日本传教的耶稣会士，因而他当然是从天主教的视角来对革命中国的社会政治实践进行考察的。

走近中国，恰如钱林森教授为这套丛书精心遴选的文本所证明的那样，是欧洲历史中一段形式极其丰富、历时极其持久的历程。这些著作既反映了欧洲人认知中国的水准何其之高，也反映了他们认知中国的程度何其局限。这些局限是人所共知的：每个民族都会因其信仰、科学知识以及风俗习惯而在某种程度上视自己为“世界的中心”，从而使自己受到了局限。理解他人、认识他人是困难的，难就难在我们总是顽固地以为我们可以以己度人。这一点，庄子和淮南子等伟大的思想家早已作出过论述。我们也看到，正如清朝文人在游历西方时发表的感言所揭示的那样，中国人在认识欧洲的过程中也存在着同样的现象。尽管如此，还是必须强调，要是没有欧洲的（正面的以及负面的）影响，中国就不可能成为今日之中国，同样，没有中国为欧洲文化和技术带来的贡献，欧洲也不可能成为今日之欧洲。这便是雷米·马修（Rémi Mathieu）在2012年出版的著作《牡丹之辉：如何理解中国》（*L'Éclat de la Pivoine. Comment entendre la Chine*）中所捍卫的观点。他提醒人们不要淡忘中国和欧洲为彼此作出的贡献，以及双方有时都不愿承认的对彼此欠下的债务。这套囊括众多著作的丛书彰显了分处欧亚大陆两端的欧中双方希冀提升相互理解的共同愿望，的确是一件大大的功德。

雷米·马修（Rémi Mathieu）

2020年9月10日

（全志钢 译）

理解中国：法兰西的一种热爱

——为“走近中国”丛书作序

郁　白[1]

“中国是一个巨大的存在。她存在着。无视她的存在，是盲目的，况且她的存在日益显要。”（夏尔·戴高乐，1964年1月8日）

2014年，为纪念法国与中华人民共和国建立外交关系五十周年，法国外交部档案室对有关十八世纪以来曾经代表法国来华的学者、外交官及译者的一系列文献进行了整理汇编，结集成册，以《中国：法兰西的一种热爱》（*La Chine: une passion française*）为题出版。

钱林森教授在这套“走近中国”丛书中推介的法国学者文人们关于中国著述的中文译本，强化了这样一种认识，即

---

① 20世纪法国汉学家、翻译家，资深外交家。

法国的知识分子一直和中国保持着一种充满激情的关系。英国大汉学家史景迁（Jonathan Spence，1936—2021）在其于1998年出版的关于西方对中国的想象之作《大汗之国：西方眼中的中国》（*The Chan's Great Continent: China in Western Minds*）中，将此称作“法国人的异国情缘”：“当时（十九世纪末）的法国人把他们对中国的体验和见解凝练成了一套颇为严密的整体经验，我称之为‘新的异国情缘’。那是一段交织着暴力、魅惑和怀念的异国情缘。皮埃尔·洛蒂（Pierre Loti）、保罗·克洛岱尔（Paul Claudel），还有维克多·谢阁兰（Victor Segalen），他们三人都在1895年至1915年期间在中国生活了一段时间。他们都坚信自己看到了、听到了、感受到了真正的中国。因为他们都是拥有巨大影响力的作家，所以他们把自己对中国的见解刊印出来，既拓展了西方对于中国的想象，同时又遏止了这种想象的泛滥。”

如果确如亚里士多德的名言所说，“理解欲乃人之天性”（《形而上学》），那么走近中国，对于法国而言，曾经是，现在依然常常是这种欲望的升华。正是在这种欲望升华的驱使下，诸多法国人深度地亲身参与到这个进程中，为理解中国投入了大量心力，并为之痴迷。这种痴迷，归根结底，就是受到了一个在众多方面都超乎理解的国度的吸引。中国的读者或许会问，法兰西对中国的这般“激情”是合理的吗？对于他们，我们只要简单地回答说：要想达致真正的理解，就必须先学会爱。

本套丛书辑录的文本所反映的，就是这样一个求索的过程。在中国，有太多人抱持这样一种论调，认定西方“不理解”中国。这些文本应该可以为这样的论调画上句号了。诚然，法国知识分子对中国的印象与中国在不同历史阶段想要向世人展现的印象可能并不一定相符。但在文化关系中，感受与实际同样重要。一味宣称“实际情况不是这样的”，并以此为由去否认另一方的理解，这样的做法不仅毫无建设性，甚至是有害的。更有意义的做法，应该是对两者之间的差异、距离甚至是鸿沟进行测量评估，以便架起新的理解的桥梁。

且以安德烈·马尔罗（André Malraux，1901—1976）的名著《人类的境遇》（*La Condition humaine*，获得 1933 年龚古尔文学奖）为例。它讲述的是 1927 年上海工人起义遭镇压的故事。有评论说这部小说“消解了（西方人对中国的）幻想但又不致令人绝望”，而这一效果的达成，虚构在其中起到的作用要比纪实大得多。而且这本书是欧洲第一部预言中国革命的作品。

离我们更近一些的例子，是尼古拉·易杰（Nicolas

Idier，1981—）在 2014 年出版的《石头新记》（*La musique des pierres*）。易杰曾任法国驻中国大使馆文化专员，他笔端流露的对画家刘丹（1953—）的真挚感情令读者感动。他说刘丹“画的是中国（未来）在经历了一段漫长的阴霾后迎来的复兴”。这本书延续了三个世纪以来以中国为题的法国文学的传统，把一段充满个人主观体验的讲述打造成了一份关于艺术及艺术家在当今中国所发挥的作用的证词。

我在这里提及这些并未被钱林森教授收录进这套丛书的作品，目的是吊一下中国读者们的胃口。要知道：对中国的热爱是法国文学的一个鲜明特点。除了在法国，还有哪个国家会有那么多以中国作为核心研究对象的院士？前有阿兰·佩雷菲特（Alain Peyrefitte，1925—1999）和让-皮埃尔·安格雷米（Jean-Pierre Angrémy，1937—2010），今有程纪贤（François Cheng，中文笔名“程抱一”，1929—），他于 2002 年当选法兰西学院院士，是法国历史上第一位华人院士。

这套丛书是钱教授特地为法国的一些汉学家准备的颁奖台。我们要热烈地感谢他记录下法国汉学家们在理解中国的进程中所作出的重大贡献。而且他们的贡献常常超越法语世界的边界。葛兰言（Marcel Granet，1884—1940）、雷维安（André Lévy，1925—2017）、白吉尔（Marie-Claire Bergère，

1933—）和雷米·马修（Rémi Mathieu，1948—）培养的一代代学生如今已经成为执掌法中两国关系的主力。法国的中国文化教学也从未像今天这样兴旺繁荣，而中文也已经成为法国中学生的一门选修外语。这一切，都为法国在未来更加全面地走近中国打下了基础，为唤醒法国文学的全新使命打下了基础，为法国对中国更深沉的热爱打下了基础。

郁白（Nicolas Chapuis）

2020年5月3日，北京

（全志钢译）

“走近中国”文化译丛主编序言

钱林森

“走近中国”文化译丛书系，是21世纪初我主持编译的西方人（欧洲人）“游走中国”“观看中国”的小型文化译丛。这套文化译丛的酝酿、构想，始于20世纪末与21世纪之交，而最终促成其创设、实施的机缘，却源于遐迩闻名的山东画报出版社一位素未谋面的年轻编辑曹凌志先生的一次造访。2002年10月深秋的一天，曹先生手持一部大清帝国时代的法文原版精装书来宁见我，他一见到我，便开门见山地介绍道：这是他们山东画报出版社从西南四川等地，经多处庙堂辗转而得手的一部图文并茂的法语原著。社里领导很想将此书翻译成中文正式面市，但不知它写的什么内容，值不值得翻译出版刊行。所以要请专家评估一下。曹先生庄重地申言：“我们曾首先咨询过北京社科院外文所法国文学大家柳鸣九先生的高见，是柳鸣九先生建议我们来宁登门拜访您的。”——不由分说，便把他手持的法文原版书递过来。受宠于我所敬重的权威学者之举荐，岂容怠慢？我就诚惶诚恐地连忙接过客人递过来的这部精装珍稀读物，认真地翻阅起来，方知这原是 19 世纪法国一位匿名游记作家老尼克（Old Nick）所撰，并由同时期法国著名画家、旅游家奥古斯特·博尔热（Auguste Borget）作插图的图文并茂的“游记”[①]，是西人“游”中国、“看”中国、想象中国、认识中国的时兴文体。初看起来，内中虽不无作者舞笔弄文的杜撰，但其历史文献的意义，却是显而易见的，加之书内附有清朝时期罕见的栩栩如生的写生插图画，其珍贵的文化价值和收藏价值，毋庸置疑，因此，它也就被顺理成章地收进了敝人酝酿有年的“走近中国”文化译丛书系。

“走近中国”文化译丛最初的构想，是想编选“域外人”（包括东洋人和西洋人）“游”中国、“看”中国的大型文化游记书系，而域外的中国游记，浩如烟海，受制于个人精力、能力和出版诸因素，编选者最终只取一瓢饮。选择的标准有二：一是该文本的跨世纪影响力，即这些文本迄今为

---

① 指〔法〕老尼克著，奥古斯特·博尔热作插图的《开放的中华——一个番鬼在大清国》。

止还时不时地影响着西方人对中国的看法，是西人眼里的经典。二是该文本的文学、历史价值，即这些文本不仅有较强的可读性，且有重要的历史价值和文化意义。首辑仅选法、英两国10部长短不等的中国游记，即（法）老尼克的《开放的中华》（*La Chine ouverte*，1845）、（法）格莱特（*Thomas-Simon Gueullete*，1683—1766）的《达官冯皇的奇遇——中国故事集》（*Les Aventures merveilleuses du Mandarin Fum-Hoam*: *Contes chinois*，1723）、（法）奥古斯特·博尔热（Auguste Borget，1808—1877）的《中国和中国人》（*La Chine et les Chinois*，1842）、（法）绿蒂（Pierre Loti，1850—1923）的《在北京最后的日子》（*Les Derniers Jours de Pékin*，1901）等组成一套小型书系，于21世纪头10年间，由山东画报出版社、江苏人民出版社、上海书店出版社出版。首辑译丛正式面世时，我曾就其编选动因和译丛的创意与宗旨作了如下说明：

> 中西方文明的发展与相互认知，经历了极其漫长的道路。两者的相识，始于彼此间的接触，亦可以说，始于彼此间的造访、出游。事实上，自人类出现在地球上，这种察访、出游就开始了，可谓云游四方。“游”，是与人类自身文明的生长同步进行的。“游”，或漫游、或察访、或

远征，不仅可使游者颐养性情、磨砺心志，增添美德和才气，而且能使游者获取新知，是认识自我和他者，认识世界、改变世界的方式。自古以来，人类任何形式的出游、远游，都是基于认知和发现的需要，出于交流和变革的欲望，都是为了追寻更美好的生活。中西方的互识与了解，正开始于这种种形式的出游、往来与接触，处于地球两端的东西（中西）两大文明的相知相识和交流发展，正由此而起步。最初的西方游历家、探险家、商人、传教士和外交使节，则构筑了这种往来交流的桥梁，不论他们以何种机缘、出于何种目的来到中国，都无一例外地在探索新知、寻求交流的欲望下，或者在一种好奇心、想象力的驱动下，写出了种种不同的"游历中国"的游记（包括日记、通讯、报告、回忆录等）之类的作品，从而构成了中西方相知相识的历史见证，成为西方人认识自我和他者、认识中国、走近中国的历史文献，在中西交流史上具有无可取代的价值和意义。对这些历史文本作一番梳理、介绍，它本身就是研究"西学"和"中学"不可忽略的一环，是深入探讨中西方文化关系无法回避的重要课题。翻译出版"走近中国"文化译丛最初的动因正在于此。

在中西方两大文明进行实质性的接触之初，在西方对东方和中国尚未获得真实的了解和真确的认知之前，西方人——西方旅游家、作家、思想家和传教士，总习惯于将中国视为“天外的版舆”，将这个遥远、陌生而神秘的“天朝”看作不同于西方文明的“异类世界”，他们在其创作的中国游记，以及有关中国题材的其他著作中，总是按照自己的意愿与想象塑造自己心目中的中国形象——一个迥异于西方文化的永远的“他者”形象。在西方不同时代、数量可观的中国游记中所创造的这种知识与想象、真实与虚构相交织的“中国形象”，无疑是中西交通史上一面巨大的镜子，从中显现出的不仅是“中国形象”创造者自身的欲望、理想和西方精神的象征、文化积淀，也是西方视野下色泽斑斓、内涵丰富复杂的“中国面影”。这就决定了，西方的中国游记和相关题材的著作，既是中国学者研究“西学”的重要历史文献，又是西方人研究“中学”的历史文本，其深刻的学术价值是显而易见的。西方的中国游记对中国的描写和塑造，不仅激发了西方作家、艺术家的创作灵感，也为西方哲人提供了哲学思考的丰富素材，启发了他们的思想智慧。一如有些文化史家所指出的，“哲学精神多半形成于旅游家经验的思考之中”[1]。西

① 艾田蒲：《中国之欧洲》（上），许钧、钱林森译，河南人民出版社 1992 年版，第 197 页。

方早期的中国游记，虽然多半热衷于异乡奇闻趣事的报道而缺乏哲学的思考，但它们所提供的中国信息、中国知识和中国想象，却给人以思考，为西方哲人，特别是16世纪以降人文主义、启蒙主义思想家提升自己的哲思，建构自己的学说，提供了绝好的思想资源和东方素材，并且成为他们描述中国、思考中国不可或缺的参照。这样看来，西方的中国游记所蕴含的思想价值和哲学意义，也是不言而喻的。我们还注意到，历代西方的中国游记所传递的中国信息、中国知识，不仅使西方哲人深层次地思考中国、认识中国提供了可能，而且也直接地促进西方汉学的生成和发展。西方中国游记和类似的“中国著作”，特别是17、18世纪来华耶稣会士的游记和著述，所展示的中国形象、中国信息、中国知识，直接构成了18世纪欧洲“中国热”主要的煽情材料和思想资源，直接助成了19世纪西方汉学生长和自觉发展的重要契机，其文化意义也毋庸置疑。如是，文化译丛“走近中国”的创意，正基于此。

那么，在难以数计的西方游记和相关著述里，中国在西方视野下究竟呈现着怎样的面貌？这难以数计的游记、著述又如何推动西方汉学的生成与发展？它们在西方流布，到底在传播着怎样的中国神话、中国信息、中国知识，从而深化西方人对中国的了解和认识，使之一步步走近真实的中国？这便成了本译丛梳理、择选的线索和依据，以此而为读者提供一幅中西方相知相识、对话交流的历史侧影，正是本译丛的编译宗旨。

新编“走近中国”文化译丛，严格遵循首辑译丛所确立的编译宗旨和编选标准，但在入选作者国别和作品文体、内容方面却有所不同。首辑出版的“走近中国”文化译丛入选作品，主要是法、英旅游家、作家所撰写的中国游记、信札、日记等文类，而新编入选作品，则集中择选法国作家、汉学家（含中国驻法使节、留法学人）所撰写的思考、研究中国文化的著述，除游记、信札、报道类外，还包括散文随笔、传奇、戏剧、哲学对话和学术专论等各类文体在内的著作。这就是说，行将推出的新编“走近中国”文化译丛，不止于西人“游走中国”的游记，着重收入的是法、中两国作者所撰的研究中国文化的著述，包括文学创作和学术研究两类著述，是法、中学人互看互识、对话交流的跨文化学术丛集。“走近中国”文化译丛的编选做这样的变动，实出于编选者能力与知识积累的现实考量，也出于编选者自身研究的实际需要与诉求，因为此时编者也正担负着主编《中外文学交流史》之在研课题。如此面世的文化译丛，必将为源远流长的中西（中法）文化文学关系研究搭建一方坚实、宽阔的跨文化对话平台，也必将为日趋深入拓展的跨文化比较文学研究提供新的学术场域。

新编的“走近中国”文化译丛，以“游记”类和“文库”类两辑，即文学作品之“作家文丛”、学术著述之“学者文库”两辑刊行面世。恪守首创宗旨和选择准则，本译丛精选自 17 世纪以降，侧重 18 世纪至 20 世纪的法国作家、思想家、汉学家（含留法华人学者）研究中国文化有影响力的近 20 部作品。每部中译本皆有导读性的译者序或译者前言，并且尽可能地附有原著插图，以图文并茂的新风貌展现于世。具体书目为：马塞尔·葛兰言（Marchel Granet，1884—1940）著《中国古代的节庆与歌谣》（*Fêtes et chansons anciennes de la Chine*），白吉尔（Marie-Claire Bergète）、安必诺（Angel Pino）主编的《巴黎东方语言学院百年汉语教学论集（1840—1945）》（*Un siècle d'enseignement du chinois à l'école des langues orientales，1840–1945*，1995），岱旺（Yvan Daniel）著《法国文学与中国文化》（*Littérature française et culture chinoise*，2000），雷米·马修（Rémi Mathieu）著《牡丹之辉：如何理解中国》(*L'Éclat de la Pivoine. Comment entendre la Chine*, 2012), 郁白 (Nicolas Chapuis) 著《悲秋——古诗论情》(*Tristes Automnes*, *libraire-Editeur You Feng*, 2001), 路易·拉卢瓦 (Louis Laloy, 1874—1944) 著《中华镜》(*Miroir de la Chine: Présages*, *Images*, *Mirage*), 乔治·苏里耶·德·莫朗 (George Soulié de Morant, 1878—1955) 著《盛唐之恋》(*La passion de Yang Kwé fei*, *Mercure de France*, *revue*, *septembre-octembre*, 1922), 毛姆 (W.Somerset Maugham) 著《中国屏风上》(*On a Chinese Screen*) 等。近20部不同文体的作品与著述，敬献于广大读者，就正于海内外方家。感谢一直与编者一起携手共耕的译者朋友们，感谢始终默默地关注着、支持着本文化译丛的亲朋挚友和学界师长、同仁们。

“走近中国”文化译丛选载的上述作品，皆属18至20世纪法国（含英国）作家、汉学家“游走中国”“观看中国”“认识中国”、思考和研究中国的各类不同文体的优秀之作，是法（英）国作者，一代接一代，瞭望中国、想象中国、描写中国的色泽斑斓、琳琅满目的集锦荟萃，堪称法、英文苑的奇花异草，构成了一道靓丽的风景线。这些作品的作者们，之所以一代又一代心仪“他乡”“远方”“别处”，不断地瞭望东方——中国，关注中国、描述中国，并不总是出于一种对异国情调和东方主义的“痴迷”，实出于认知“他者”和反观“自我”的内心需要。“在中国模子中，我只是摆进了我所要表达的思想。”——20 世纪法国作家谢阁兰的这句话最好不过地表达了这一代法、英作者关注中国、了解中国、描写中国的真实愿望，旨在借中国这面镜子来反观自己，确立自身的形象。他们之所以一往情深地渴望远方、别处，寻找“他者”，恰恰反映了他们对自己认识的深层需求，一种“时而感受到被倾听的需求，时而（抑或同时）产生倾诉、学习和理解的需求”，一种杂糅了自我抒发与理解他者的“必要”。克洛岱尔将处于地球东西两端的法中两个不同民族、不同文明之间的这种相互瞭望、相互寻找、互证互识的双向运动比作一种自然现象——“海洋潮汐”[①]。从这个意义上说，他们“瞭望”东方、“游走”中国、“寻找”他者，也许正是另一种方式的寻找自我，或者说，是寻找另一个自我的方式；他者向我们揭示的也许正是我们自身的未知身份，是我们自身的相异性。他者吸引我们走出自我，也有可能帮助我们回归到自我，发现另一个自我。由此可见，即将面世的“走近中国”文化译丛，呈现于诸君面前的这些作品的作者们，之所以如

① Paul Claudel, *La Poésie française et l'Extrême-Orient* (1937), in *Œuvres en prose*, Paris, Gallimard, coll. *Bibliothèque de La Pléiade*, 1965, p.1036.

此一代接一代地渴望东方，远眺中国，寻找他者，如此情有所钟地"醉心"于中国风景，采撷中国题材，一部接一部地不断描写中国，抒发中国情怀，认知中国，正是他们认知自身的需要，他们"看"中国，正是反观自己、回归自己的一种需求，一种方式和途径。如此，从跨文化研究的方法论学理层面看，"走近中国"文化译丛所提出的课题，不仅涉及这些法（英）国作家在事实上接受中国文化哪些影响和怎样接受这些影响的实证研究，还应涉及他们如何在自己的心目中构想和重塑中国形象的文化和心理的考察，研究他们的想象和创造；不仅要探讨他们究竟对中国有何看法，持何种态度，还要探讨他们如何"看"，以何种方式、从什么角度"看"中国，涉及互看、互识、互证、误读、变形等这一系列的跨文化对话的理论和实践的话题，是关涉中外（中法）文化和文学交流史研究的基础性工程，其学术价值和意义，毋庸置疑。

采撷域外风景，载运他乡之石，是当年创设"走近中国"文化译丛之动因、初衷，同理同道，广揽域外风景，汇编成集，呈现于国人，不是为了推崇异国情调，追寻异国主义，而是为了向诸君推开一扇窗户，进一步眺望远方，一览窗外的风景，旨在借助外来的镜像来反观自己，认识自己，从而确立自身的形象。众所周知，他山之石，可以攻玉。打开室内窗户，直面窗外景象，一览无余，我们自身的面貌也就清晰地浮现出来，一如有西方学者所言，在天主教“三王来朝”的时候，在我们的对面肯定会有一张毫无掩饰的面孔出现：“在面孔中所反映出来的他人，从某种意义上恰恰揭示了他本人的造型特征。就像一个人在打开窗户的时候，他的形象也同时被勾画了出来。”[①] 我们编译出版“走近中国”文化译丛，希望诸君看到17世纪以降至20世纪，这一时代映现在西方人眼中的中国，这个时代西方人注视中国、想象中国、创造中国的“尤利西斯式”目光。那目光可能不时流露出傲慢与偏见，但其中表现在知识与想象的大格局上的宏阔渊深、细微处的敏锐灵动，也许，无不令人钦佩、击节，甚至震撼。总之，诸君倘能闲来翻书，读到“走近中国”文化译丛，击节称奇，从中感到阅读欢愉，发出会心的微笑，那便是对我们的勉励，倘能借助这面互证的镜像，打开“窗外的风景”，反观自己，审视自己，掩卷长思，从中受到教育，那便是对我们最大的奖励。

值此“走近中国”文化译丛付梓刊行之际，我们由衷地

① 〔法〕埃马纽埃尔·勒维那斯：《他人的人道主义》，袖珍书，图书馆散文集，1972年，第51页。

感谢出版方中央编译出版社的诸位领导，感谢他们始终坚守契约精神和不离不弃的支持、合作，感谢编译社诸位编辑的悉心编审，感谢翻译团队师友们携手共耕、辛勤付出，感谢法国知名汉学家雷米·马修先生、郁白先生在百忙中欣然赐序，拨冗指教。

钱林森

2023 年 5 月 30 日，大病未愈，居家养病期间定稿

南京秦淮河西滨，跬步斋陋室

序　言

世界各国都有一些近乎神圣的爱情故事和传奇，它们牵动着每一颗心，令那些哪怕最粗鲁的人也为之动容。然而，在这一点上，就像在其他许多方面一样，西方和远东之间存在着深刻的差异。

欧洲人就像是心智未开的孩童，沉迷于幻想，在他们的爱情故事中，主角都是带有神秘或传奇色彩的人物：厄罗斯，勒达，特里斯坦和伊索尔德，唐璜。

中国人则恰恰相反，他们爱情故事里的主人公，都有着无可置疑的历史真实性；书写他们的奇遇，丝毫无须借助于诗人五彩斑斓的想象。所有这些人物中，最广为人知的，莫过于倾国倾城的杨贵妃和君临天下的明皇帝，他们的爱情与帝国的命运紧密相连，他们生活中哪怕最细微的点点滴滴，都被记入史册，也因此被认为是真实的。

他们的故事得天独厚之处在于，不仅皇帝和贵妃本人都是笔艺精湛的诗人，为我们留下了许多作品，而且在他们的宫廷中，云集了中国文学史上最为声名显赫的天才：李白、杜甫、孟浩然、王维和许许多多其他人。欧洲人对于他们横溢的才气和少见的匠心早有耳闻，倾羡不已。这段动人奇遇的每一个段落，这对眷偶的每一次节日或每一场心痛，都为时人或是他们自己所吟唱，化为不朽的诗篇。

明皇帝唐玄宗生于公元 685 年，是唐朝的第六位君主。他姓李，名隆基，乳名阿瞒，是前朝皇帝的三太子，人称三郎。起初他的采地是位于中国中部的楚地，接着又是位于西北的临洮。青少年时期，他目睹了多起血洗武后宫殿的谋杀，武后是中国历史上唯一一位封帝的女人，她的统治事迹被记入中华帝国的年鉴中。公元 705 年，82 岁的武则天驾崩，明皇帝的姨母韦皇后意图效仿武则天，于 710 年毒死自己的丈夫，让一个 16 岁的儿子继位。此间，明皇帝带兵入宫，杀死韦皇后，让自己的父亲睿宗登上皇位，并于 712 年接替父亲即位。明皇帝热爱文学、音乐和美术，将世间奇才纷纷招揽入宫。在他统治期间，中国的诗歌和艺术发展到一个顶峰。755 年，安禄山起兵叛变，唐明皇于 756 年放弃王位，并于 762 年逝世。他在位期间曾用过两个国号，712 年至 742 年国号为开元，742 年至 755 年国号为天宝。

娇媚可人的杨玉环生于 720 年。735 年，她被送入周太子后宫中，周太子是明皇帝的第 18 个儿子。史学家们似乎都认为，她从未做过年轻太子的嫔妃。三年后，即 738 年，她被皇帝发现，成为皇上后宫中的一员，受封为贵妃，号太真公主，相当于第二皇后或第一宠妃。

745 年，李白（李太白）40 岁。明皇帝逝世的同一年，李白在一次夜行中溺于洞庭湖。按照几位传记作者的说法，李白在酒酣耳热之时，俯身去看平静水中倒映的月色，他想扑向这颗他大加赞赏的星星。他的仰慕者们宁愿相信是神仙招他入天宫去了。

杜甫小李白六岁，于 770 年逝世。他受明皇帝之子、年轻的君主唐肃宗委任，长期担任检校工部员外郎这一危险之职。由于他太过忠于职守，反倒招致谪贬之祸，被流放至一偏远小城做太守。他辞去官职，长期在风景宜人的四川一带观奇览胜。后来他被召回宫中做官，六年后再度隐退，浪迹天涯。有一次，他在一间破庙中遭遇洪水，连续十天仅靠树皮草根度日。在最后获救之时，他终于难抵饥饿，在吃第一顿饭时倒地身亡。

我主要从以下几部作品中提取此篇叙事的素材：

《通鉴纲目》。该书是由著名哲学家朱熹写于 12 世纪的 80 卷通史。书中每个事件按时间顺序排列，作者先用粗体字概括整个事件，再用细体字详述事件经过。

《唐书》(609 年—910 年)。该书共 200 段,10 世纪由刘昫署名出版。书中作者详述了事件,主要人物的作品全集,以及与各种主题相关的无数信息。

《全唐诗》和《古唐诗合解》。《全唐诗》共 32 卷,囊括了唐朝的绝大部分诗作,编纂者对于大部分作品的创作背景都给出了解释。

《长生殿》。这是由著名戏剧家洪昇创作的历史剧,共 50 场,于 1655 年首演。杨贵妃一生的绝大部分经历在该剧中都有反映,其中多幕场景至今仍在上演。

《长恨歌》。这是由白居易创作的一首长诗,展现了故事主人公仙逝 50 年后,他们的爱情故事被神圣化的过程。

由于每个事件的叙事以及绝大多数君王的言语都直接取材自历史,对于所有诗作,我也只能借助于评述它们创作背景的文字,将其安放在应在的位置。

我规定自己严格按照原文,逐字逐句翻译这些诗作,其中有两三首诗在欧洲已经为人所知。阅读这些作品,我们能够透过那些举世无双的天才们的眼睛,去观察主人公和故事发生的背景。

不知所为何故,这出近乎传奇的悲剧却从未吸引过中国小说家或历史学家的眼球:也许他们对于这一主题太过熟稔?那么,欧洲将是这则故事的首次出版地。

有时在茶馆的露台上，我会从一些盲乐师口中听到这出故事的片断。在亚洲那清透无瑕的夜里，默不作声的幻想家们三五成群地来到茶馆，在睡莲盛开的湖边一边品味明净的月色，一边聆听绘声绘色的讲述。真希望我能像乐师们那样，将这出故事娓娓道来。

目　录

第一章

城上春云覆苑墙，江亭晚色静年芳。林花着雨胭脂湿，水荇牵风翠带长。

龙武新军深驻辇，芙蓉别殿谩焚香。何时诏此金钱会，暂醉佳人锦瑟旁。

杜甫:《曲江对雨》[①]

晨光从三面自由地照射进御殿，掠过朱红的梁柱、色泽鲜艳的帷幔，洒在金色的厚绒毯上。文武百官身着华服，呈三行列开。高高的雕花烛台上焚着香，缕缕蓝烟袅袅升起。殿中梯级至高处，有一尊玉座，饰有龙爪，皇上金锦披身，端坐其上，神情庄重而若有所思。

宽敞的台阶上，奇珍异宝随意摆放：钿盒中满载遥远南方运来的宝石，软玉瓶中堆积着大颗珍珠，远西而来的半透明玻璃酒杯，形形色色的丝绸卷轴，以及来自世界各民族的

① 原作者只署诗作者，未署诗名，诗名为译者根据法文译文和中文原诗考证后所加，下同。——译者注

其他贡品，都是为庆贺千秋节而设。千秋节亦称千秋镜节，是皇上初度之日。

御座后，妙龄宫女束云状发髻，着轻逸长裙，巧施粉黛，用丝竹奏出悦耳仙音。

宫女身旁，立着数位公公，身着素色束腰宫服，手持金质托盘，盘中盛有数枚沉甸甸的雕花镜。

皇上做了个手势：旋律变得抑扬顿挫起来。他低声沉吟道：

铸得千秋镜，光生百炼金。分将赐群后，遇象见清心。

台上冰华澈，窗中月影临。更衔长绶带，留意感人深。

明皇帝：《千秋节赐群臣镜》

当雷鸣般的喝彩声最终消散在金色、天蓝色和紫红色三色相间的拱顶之下时，礼仪官按圣事礼仪说道：

“众卿家若无要事相陈，早朝到此为止。”

这时，一位长着银色长须、深蓝色官袍上绣有星辰的老者走上前来，跪拜在御座前的阶梯上，说道：

“微臣观天太史，斗胆向陛下进言。”

皇上点头示意，他继续说道：

“万岁圣明！昨日天界发生一件奇事。就在太阳西沉群星初闪之时，天空中出现一颗亮星，尾部缀有一团星云，呈不祥之光。该星进入北斗星座四边形中，此处正是我皇尊殿所在之处。与此同时，一颗泛红光的行星也朝同一方向射来。所谓乾坤之动密不可分，此景正预示着四海之内即将发生之事。按古书上说，彗星象征一威震四海的女子。星云为其亲友。至于泛红光的行星，乃是战争和叛乱的前兆。也就是说，昨日后宫中新进一位皇后或嫔妃，美貌绝伦。她的家人和随员将占据宫中最高职位。她将特别眷顾一异域之人，而此人的叛行将引起无限混乱。我等占星者心中惴惴不安，立刻向公公和侍从总领询问……却得知昨日后宫中并未新进任何女子。迹象既已确凿无疑，我等不解此中奥意，唯陛下圣明，能参悟并解释其意。”

说完这些，他闭口不言，沉默笼罩在宽阔的大殿之上。皇上一手托腮，用心倾听这一番话。沉思片刻后，他抬头说道：

“爱卿！两日来并无嫔妃入宫。那苍穹之景，只是寡人心中闪念之反映。我本打算避而不谈，既然吾父上天深察我心中念想，我便将此奇景之原委解释于你。昨天红日垂落天边之时，朕独自在湖边信步，饱享春日香氛。只见天光绚烂，水若珍珠，新绿一片，衬出花色鲜妍，良辰美景，令人赞叹不迭。我缓步前行，落日紫色和金色的余晖渐渐暗去，一轮明月，即爱之女神，将银辉铺洒在平静的大地上。这时，一幅奇景令我眼前一亮：一位熟睡的仙子从天而降，躺在我面前，临着水，身下铺着深色锦缎织成的软垫。她容貌惊艳，娇体多姿，玉手纤纤，气色非凡，总之，她身上的一切都显示出她来自上界。睡梦中，她的灵魂半悬于毫无知觉的身体之上，在周身铺散开来，形成一圈光晕。面对落日的余光，我的灵魂也超脱于自身之外，甜蜜地沉浸和溶化在这妙不可言的光辉中，脑海里浮现出千般奇思妙想，似乎看见无数迷人的光点翩翩起舞，随即消散殆尽。”

皇上沉默了，久久陷入遐想。太史令说道：

“可是陛下，星象显示美人已进入宫中。她可曾醒来？是否留下言语？”

皇上摇了摇头。

“我已不再是狂莽少年，不愿上前去叫醒她或和她搭讪。命运既以完美幻景恩赐于我们，我等当谨慎行事，不应僭越雷池。试图庸俗地实现梦幻，便有可能抹杀其稀有之精髓。不可取也！自昨日起，我便心醉神迷于一种美境，我想永存这纯粹的印象……这就是我对这一神秘现象的解释。”

礼仪官做一手势，群臣跪叩，以额头击花毯，而后起身，默默远去，留下皇上独自一人，浮想联翩。

第二章

山光忽西落，池月渐东上。散发乘夕凉，开轩卧闲敞。荷风送香气，竹露滴清响。欲取鸣琴弹，恨无知音赏。感此怀故人，中宵劳梦想。

孟浩然:《夏日南亭怀辛大》

夜色笼罩在听政殿上，皇上依然一人独坐，久久陷入沉思。他双手搭在圣座饰有龙爪的扶手上，头倚着金龙胸前佩饰的一片朝阳，那是荣耀的象征。金龙呈直立状，喷吐火焰，龙嘴高高耸起，形成一片华盖，鳞光闪闪的龙尾绕成五圈，象征着御殿的梯级。

孤寂和宁静之中，幻景之美让他久久沉醉。一种微妙的和谐气氛笼罩着夜色，皇上的灵魂在这氛围中舒展开来，他品味着暮色中倦怠了的花朵散发出的馨香。洁白的小径上，路边的花丛中，远处波光粼粼的大湖边垂着头的华美莲花上，都洒满了月光的似雪银辉。

突然，一阵声响惊扰了沉睡的自然。大理石台阶上传来轻微的脚步声。皇上抬起头，他那扶在金掌玉爪之上的双手紧握起来。宫殿梁柱之外，两行矮灌木丛之间，一年轻女子朝前走来，步态摇曳，鲜亮的双唇间露出一抹娇羞的微笑。

“仙子！”他窃窃私语道，“难道是奇迹让我再睹芳容？”

她在通往大殿之上的台阶脚下站住。身后一皮肤柔软白皙的男子，着刺绣长袍，束镂银腰带。他走上前，进入大殿，跪拜道：

“微臣是禁宫侍卫统领，臣罪该万死。后宫新选嫔妃本该午时引见。可圣驾彼时正端坐不动，微臣不敢搅扰圣思……她姓杨名玉环……”

这时，年轻女子登上台阶，跪拜在御座前，一启口，娇音声声：

“万岁！万岁！万万岁！民女新承恩泽，谨遵天命。”

爱神明月穿过梁柱，她那充满情爱的柔光映衬出新选佳丽的娇媚迷人和欲望迷雾的五彩斑斓。皇上向她俯过身去，饱览她精致的五官。他说：

“爱妃莫非仙女下凡？朕不敢相信你竟是凡间女子。”

她浅浅一笑，牙齿亮白有光。她字句顿挫地回答道：

妾生深林重影中，春风日暖不入梦。片刻欢娱未曾享，淡香紫瓣已散尽。[①]

---

① 原引文未标出处，译者自行翻译。——译者注

“诗人！”他惊叹道，“我感到无与伦比的幸福。如果你的德行与你的美貌和才情一般美好，上天真是赐予我一件无价之宝。”

这时，公公站起身，跑至后殿一声招呼。侍者们立刻云集过来，有的手持高大的烛台，有的端着盛满酒馔的盘盏，把它们放在矮脚桌上。

杨玉环却说道：

“臣妾陋质寒姿，陛下过誉，令臣妾不胜陨越之惧。臣妾如何消受得起您的百丈恩辉？”

乐师们进入宫中，开始轻轻试音。皇上不语，久久端详着他的新宠。最后他做一手势，宫乐的节奏清晰起来。他唱道：

秀发一边微倾，束出宫廷风韵；面若出水芙蓉，娇媚暗香浮动。天成多情烟眉，无需对镜描饰。哦，上天恩泽享不尽，一身环佩亦生辉。俯身一拜举国倾，浓情蜜意炙君心……青春正好须珍惜，尝尽人间良宵时！[①]

侍卫统领连忙记下诗作，将它传于史官，铭刻进君王起居注中。

① 据原作者标注，此段文字出自 Tsre-Sio tsiuann-chou，作者为明皇帝。译者多方考证未果，故自行翻译。——译者注

皇上走下御座，搀着那年轻女子，将她领到筵席旁，与她同坐在地毯的厚垫上。

就在他们品尝佳肴美馔时，乐队开始演奏一曲古老的赞歌，不一会，歌者的合唱声响起，在夜色下显得和谐而高雅：

隆恩尽享！金屋玉楼歌彻，千秋万岁霞觞！白日照人眼迷离，皇威盛隆冲云上。合殿春风漫飘香，圆月摇金夜朗朗。

鬓影衣光，掩映出丰姿千状。珠箔斜开，银河微亮，清明天色中，巍巍雄殿泛新光。琼花玉树飞鸾凰，春风拂水娇声唱。月色无边，愿人人得宁馨福享！[1]

最后的和声逐渐消逝……皇上深情地看着他的伴侣，说道：

“烛台的光辉驱散了夜色，让朕能洞察你的眼神，进而窥见你的内心。我对你的忠诚深信不疑，愿意让你走进我的生活。不过请你告诉朕，你是谁？有着怎样的过去？”

“家父曾是蜀州史官……”

“朕封其二品官谥号，赐将军头衔。”

“家父灵魂在此，”年轻女子小声说道。“家父和小民感激

① 原文未标出处。经考证，是作者在参考《长生殿》某些段落后创作的文字。译者根据《长生殿》相关文字，自行翻译。——译者注

不尽。”

“你呢？你生于何方灵地？你难道不是自仙岛来吗？”

“臣妾年方二十四，生于永安府云陵村。”

“你为何会在宫中？是被刺史选拔来的吗？”

一阵沉默之后，她低下头，竭力说道：

“九年前，臣妾被召进……宫中，寿王宫中……”

“寿王！朕的第十八个儿子？你曾是我儿子的嫔妃？大胆！逆子该当死罪！”

死令当前，在场者均为之战栗。皇上继续追问：

“为何太子妃会被引荐入朕宫中？不仅是他，皇太子，丞相，还有你，高力士，侍卫统领！你们统统都得死！”

宦官连忙跪下，一个劲地用头叩击厚厚的地毯：

“臣诚然罪当至死。但还恳请陛下听臣一言。”

“说！快说！刽子手已经准备就绪。”

“很久前，寿王接收了四川刺史送来的一年轻女子，美貌惊绝。太子立刻想到父皇，下令将美人的名字记在刻有皇妃姓名的玉书板上……昨日他来听朝，从陛下的描述中认出这位从云陵选来的美人。他问我为何该宫女仍未被引见给陛下。这时臣等才发现，由于上任禁宫侍卫统领一时失误，该年轻女子仍身居太子妃之列。”

“逆子罪不可恕，朕命他立刻赶赴封地，再不准出现在我面前。今天暂且放他一马。至于你，我对你的惩罚只不过是暂缓执行。日后一旦犯错，便以极刑论处。”

年轻女子战战兢兢，跪下连声说道：

“陛下仁慈之馨香直入臣妾心灵最深处！”

皇上却面带微笑，把手伸向她：

“今夜花烛摇曳，明月清照。让我们抛却纷扰，尽情赏玩这辉煌夜色。为了让恩泽铭刻于今日，朕愿从今日起封你为贵妃。天明时颁布诏书，再无人敢用贵妃之外的名号对你说话。”

年轻女子仍久跪不起，俯身低声拜谢。皇上扶起她，说道：

“随我来，让我们永结偕老之盟。这里有金钗数根。用它们把幸福的祥云永远固定在我们的爱之锦缎上。那里有满镶钻石的宝盒一只。但愿它永远盛满异香，就如我的一腔情思沁入你的心脾。愿那熠熠闪光的宝石让你时刻记起我的似火激情！”

喜悦和骄逸之情映红了她的面颊，她领受了皇上的赏赐，说道：

“臣妾双手敬受恩赐。唉！只恐奴婢寒姿，消不得天家雨露恩浓。”

乐队奏起凯旋颂歌，皇上执贵妃之手，在两排宫灯之间走下台阶，缓步朝寝宫走去。

第三章

苑外江头坐不归，水精宫殿转霏微。桃花细逐杨花落，黄鸟时兼白鸟飞。

纵饮久判人共弃，懒朝真与世相违。吏情更觉沧洲远，老大徒伤未拂衣。

杜甫:《曲江对酒》

眼下正是京城里三年一度的大考时节，为数不多的才俊通过考试，便能够获得文人最高头衔“举人”。

前来投考的人为数众多；虽然每个人都明白，皇宫里容不得文盲，但还是有很多人妄图以投机取巧代替真才实学，寄希望于重金厚礼之上。与此相反，另一些人则完全恃才应试。

芸芸考生中，大家都注意到一个叫李白的人。其人气宇轩昂，如玉树临风，堂堂仪表使得他在侪辈中显得鹤立鸡群。有人说此乃仙人之子，其母受孕于太白金星，故取其子名白或太白。李白虽然年纪轻轻，却如同不停游历的行星，足迹早已踏遍各地。

李白胸有成竹，无心贿赂考官。大考之日，他胜券在握，一进入单独隔开的考间，便用心阅题，随即只见他润笔端坐，一只手疾书，字字笔酣墨饱，无可挑剔。不一会儿，他便做完考卷，沿着主道径直走到考官的大红桌前，放下作文，立等评判。

头号考官杨国忠是新妃长兄，皇帝的恩泽使得他在几天之内便跻身最高官员行列。他看了看考生姓名，在记忆里搜寻一番，却记不起收到过这个鲁莽小子的一丁点礼物。他甚至无暇阅卷，这边改几个字，那边删一句话，嘴里嘟囔道：

“这个无知之徒只配替我磨墨！”

接着，他把卷子传给身边的宫廷侍卫首领高力士，娘娘的恩宠使得他荣登将军之位。此人看了看名字，发现没有收到过考生的任何礼物。于是他又对卷子做了百般改动，高声说道：

“他甚至不配替我提袜子！应该让他颜面尽丧，把他赶出宫墙之外！”

第三位考官便是大名鼎鼎的贺知章，出众的才学使得他成为翰林院的一员，这个荣耀的团体只向最具盛名的文人开放。他拿起李白的文章，浏览一番，文章运思高奥，笔迹之雅致无与伦比，从绪论到结语，观点层层展开，无懈可击。

对此，贺知章钦佩无余。只是他不便引起同僚难堪，只得沉默不语，把被涂改的文章卷入袖中，带回去与朋友共赏。

李白被逐出贡院后，怒不可遏。他试图借酒消怒，流连于京城的各家酒楼，遣散心头不平。酩酊大醉中，他毫无顾忌，对他的敌人大声斥骂，百般挖苦，惹得听众放声大笑。他们对于右丞相和高力士的暴行本身就多有不满，还送给高力士“母鸡元帅”的称号。没过多久，这位酒仙诗人便名满天下了。

第四章

处世若大梦，胡为劳其生？所以终日醉，颓然卧前楹。

觉来眄庭前，一鸟花间鸣。借问此何时？春风语流莺。

感之欲叹息，对酒还自倾。浩歌待明月，曲尽已忘情。

李白：《春日醉起言志》

日夜如织布者手中的机梭，接连相继。一日早晨，太阳照在听政殿内群臣五彩斑斓的朝服上，他们正要接待自远西而来的使者。番使头戴白皮无边高帽，着金边长袍，跪立，以额头击地，从镶有珍珠的布袋中拿出他们国王的信笺呈给皇帝。这时，他们的随从把贡品放在御座脚下。

可是，礼仪官周围和翰林院中没有一个人上前来翻译使者的话，或是把番王的信读出来。殿内久久沉默。群臣噤若寒蝉，面面相觑。皇上龙颜大怒，如雷轰鸣般的龙声让在场者为之战栗。

“你们这些朝廷重臣啊！你们颜面何在？我朝边陲之国传来讯息，你们中竟然无人想到召一通该国语言习俗的文人入宫？若三日之内无人能解读此信，所有俸禄一律停发。六日后，所有官员统统撤职。九日后，所有大臣皆以极刑论处！”

群臣顿时觉得肩膀上像是下了一层冰，垂头丧气地打道回府。惊讶的使者们也被领回住处。

就在这一行人穿过城中主要的广场时，李白正走出一家小酒馆，去往另一家酒楼，他发现了这一群人，凑上前来。他一眼认出他们是布哈拉[①]的居民，因为他曾久居此地。借着酒兴，李白用布哈拉的语言和他们百般打趣，问他们是否也是在考试中被智者高力士和诗人杨国忠拒之门外。使者们见能够交流，大喜过望，便与他应和。护卫队总领见此情状，骑马飞奔回宫，他立刻求见陛下，禀报这一大喜事。

陛下立刻召见群臣。大臣们去往大殿途中战战兢兢，不止一个人和家人作了最后道别。他们惊讶地发现，大殿中站着一个年轻人，他气宇不凡，但显然没有宫中官职，因为他的淡蓝色衣衫上没有任何装饰。

一番礼拜之后，皇上开口说道：

---

① 原文中为Bokhara，直译为布哈拉，西域古国。又名捕喝国，缚喝国。在唐朝被称为安国。地址在今乌兹别克斯坦布哈拉。——译者注

“我的达官显贵们无一人能解读布哈拉可汗的公函。然而我的一位无任何文学头衔的子民却能够和使节们谈笑风生。把这份皇家信函拿给他，让我们听听这其中的内容！”

李白手持丝绸信笺，展开，扫了一眼。他没有翻译，却高声说道：

“贱民只是一介穷酸文人，无名无分，上次乡试之时，曾被逐出贡院，无地自容。草民料想，这宫廷中必定满是饱学之士，因为人们都知道，地位和身份只能论功德而定。度支员外郎杨国忠曾有言，说我最多只能为其磨墨。右监门卫大将军高力士则认为我不配替他提靴袜。二位的地位和言语无疑证明，他们的学识在我之上。我这样一个地位低贱之人，却要有盖过他们二位的功德，恐多有不当。”

皇上忍俊不禁，他说道：

“学识确实应有地位相配。你若能读出此信，便立刻会得到大臣头衔。因为我将会让你成为翰林院中的一员。”

于是李白闲情自若地翻译起这封皇家信函来：

“布哈拉可汗吐格沙达[①]说：

陛下圣明，以上天之名统治四海。臣鄙贱如您坐骑蹄下之杂草，于万里之外拱手俯拜，为您歌功颂德，奉您

① 吐格沙达，布哈拉国王，710 年到 739 年在位。——译者注

若天上神明。长久以来，鄙人在布哈拉一方为官，国泰民安，用金盔铁甲忠心为大唐效劳。不料近年来，大食军队年年来犯，我国从此不得安宁。臣因此恳请陛下救我国于水火之中。望陛下颁诏书一道，命回纥与突厥士兵前来助我一臂之力。借其骑兵之威，我国定能大败大食乱军。恳请陛下答应臣之请求。臣特献上波斯公骡两头，叙利亚花毯一张，香水三十斤。敝国王后特备锦毯两张献给皇后娘娘。若蒙陛下隆恩，恳请赐臣马鞍一副，马具一套，刀剑数把，顺赐王后丝裙和脂粉若干。”①

皇上仔细听罢，问群臣道：

“这些大食军队是否真的兵强马剽？记得朕登基初年，他们给朕进贡马匹和珠宝，却拒绝向朕叩拜，声称他们只能向他们的神明行此大礼。”

众卿无人应答。李白说道：

“以前派来这支使团的是哈里发瓦利德的亲王屈底波·伊本·穆斯里姆②。此人在我国边境作乱，占领了布哈拉和撒马尔罕。吐蕃人见势，也趁我军设防之虚，向葱岭，

① 按照原作者注释，此引文出自 Tchaé fou yuann kwé。与此法文名相近的中文译名为《册府元龟》一书。此处文字为译者自行翻译。——译者注

② 屈底波·伊本·穆斯里姆（669—715/6），倭马亚哈里发国（古称白衣大食）将领。——译者注

即当地人所说的帕米尔高原发动进攻。陛下君临天下第四年，我军将领张孝嵩率一万当地军队，横跨帕米尔高原，直逼吐火罗，震慑大食军队，在石碑上刻铭文一篇，盛赞我皇军威。”

听了这番解释，皇上圣心大悦。他说道：

“你的学识和功德卓越非凡。从今日起，朕封你为翰林院一员；你就长驻宫中。现在，请即刻给番人作答，让我朝威严广及天边。”

皇上一席话，宦官们心领神会，给新翰林拿来各种行头，替他换上：绛紫色长袍，金腰带，薄纱帽。接着，他们在御座旁置和田玉一块，象牙管兔毛笔一支，香墨棒一根，饰有金花的红笺一张。新翰林坐在绣有千种图案的坐垫上，准备落笔。

这时，他突然停住不动，把笔搁在一边，跪下说道：

“陛下圣明！微臣的靴子不配那熠熠生辉的新袍。臣在御座脚下，若御座能原谅微臣大胆，臣要斗胆说，如果杨国忠不替我磨墨，高力士不帮我脱靴，我将无法回信。”

面对如此要求，群臣又惊又怒，一片哗然。他们等着陛下降死罪于这个无礼之徒。他们如何能不惊愕！谁知陛下却面带微笑，出奇地点头恩准。二臣不敢违抗圣命，一面心中暗咒李白，一面朝他走来。一人替他磨墨，一人帮他穿鞋。满朝文武见此情状，感到从未有过的畅快。

这个新贵则洋洋得意，飞快地写下数行无可指摘的美文，字迹与番人文字毫无二致，并声音洪亮地译成汉文。皇上天颜大悦，印上玉玺，交给使者。

第五章

长安白日照春空，绿杨结烟垂袅风。披香殿前花始红，流芳发色绣户中。绣户中，相经过。

飞燕皇后轻身舞，紫宫夫人绝世歌。圣君三万六千日，岁岁年年奈乐何。

李白:《阳春歌》

早朝结束，群臣散去。皇上走下台阶，遣走侍卫，沿着小径的石板一直走到湖边。一排低矮的大理石叶饰阑干环绕着波光粼粼的水面，金色的睡莲和红色的菡萏像是给水面绣了一圈流苏。

小路上，银光闪闪的细柳把它们的枝丫一直垂到如镜的水面。茶树上盛开簇簇白花，两旁种满果树的幽径呈现出一派粉红或雪白的气象。

漫步者款款前行，来到一座楼阁前。楼阁的细木护壁板和屋架上涂满了鲜艳夺目的色彩。呈漫溢状的屋顶荫蔽着一片平台，朱红的梁柱界定了平台的范围。平台的扶手和水面之间盛开一丛硕大的牡丹，紫的，红的，粉的，白的，尽显华贵本色。

皇帝停下脚步，用心享受这明丽、精致而平和的景色。一只栖息在入口处的粉蓝相间的鹦鹉发现了他，叫道："他来了！他来了！"门立刻被打开。一侍女出现，照例禀报道："皇上驾到！"

这时皇帝已跨过楼阁的门槛，站在通往平台的台阶上。淡淡的光影中，侍女面带微笑，低声对皇上说道：

"春日里娘娘困顿，这会儿睡下了。刚才她坐在镜子前，几乎连施粉的力气都没有。一只黄鹂在窗下啁啾，她停下听那鸟儿迷人的啼鸣，困意便又涌了上来。"

"别吵醒她！"

他轻轻撩起房中帷幔，深长地呼吸着内中散发出的香气。她躺在那里，秀发凌乱，脸颊靠在手臂上，那鲜嫩细长的手臂也叫人飘然欲仙。红扑扑的脸蛋映衬着长长的黑睫毛，一副孩童的无邪之态让她的眉目间流露出一种平静。

皇帝眼中满是此景，他目光中的爱火似乎灼到了那腼腆的睡美人，她突然醒过来。甚至还未来得及转身，便叫道：

"是谁竟敢在此偷窥本宫睡体？"

她从镜中认出来者，迅速而不失优雅地站起身：

"哦，万岁！奴家罪不可赦……"

皇上却满怀激情地高声说道：

“哦，好一副淡粉晨妆！朱唇微启，凌乱的秀发微映出一片蓝光！”

他走上前，将她揽入怀中。

“哦，万岁！”她故作娇羞地重复道。

“这春光明媚的大好时节，妃子为何却闭户酣睡？”

“臣妾夜来承宠，雨露恩浓，不觉花枝力弱。神思困倦中，失迎圣驾。”

“倒是寡人唐突了。来，到阑干边消遣片刻，吹吹微风，呼吸些水面的清气。”

侍女们迅速给贵妃梳妆，将她的头发盘成蝉首状，高束的发髻前扎两团圆发。她们给她穿上数层薄如蝉翼的长裙，稍有动静，洁白如雪的裙装便会优雅地泛起层层衣浪。

这对恋人走到屋外，半卧在色泽清新的靠垫上。他们许久不语，细品这无与伦比的良辰美景。

忽然，皇上站起来，一声令下，高力士走上前来。

“朕有意将这不可多得之日永刻于心。宣韩干前来，他的生花妙笔能将形与色定格在绸布上。并即刻召翰林院新士李白，让他为我们作一首不朽的诗篇。”

“遵旨！”禁宫侍卫统领俯身回答道。

片刻之后，乐队伶人们接旨而来，在平台边坐定。歌者之首李龟年则亲自去寻找诗人李白。在那些名士们居住的金钟殿内，他得知李白已起身前往城中，有可能是去他所钟爱的酒楼了。李龟年即刻通知卫队军官替他备马一匹，护卫队一列。他一路飞驰，来到菜市口，跳下坐骑，走进酒楼。诗人果然在那儿，面对着抛光铜瓶中的一枝桃花，念念有词地吟诗作赋。

“陛下急召你去沉香亭一见。”李龟年说道。

一听此言，所有酒客都起身以示尊重。可李白却几乎睁不开沉沉醉眼。信使毫不迟疑，叫来人手，他们抓住诗人，拉他上马，左右护驾，如此疾驰而去。到达宝殿时，李白正高卧酣睡，鼾声如雷。众人将他拖至湖边亭中的露台上。

皇上看见新任翰林那通红浮肿的睡脸，不禁笑了起来。贵妃走上前来，关切地说道：

“听说鲜鱼熬汤是解酒的良方。”

一侍女连忙撤下。不一会儿，一碗热气腾腾的鱼汤便放在金质托盘里端了上来。就在这时，只见一人用冷水泼在睡者脸上。李白半睡半醒，站起身来。他看见陛下，设法跪下。皇上尝了尝鱼汤，用象牙小棒搅拌一回，递给诗人。诗人结结巴巴地说道：

“微臣罪该万死……”

未及多解释，他端起碗，一饮而尽。这时，他看见贵妃娘娘凭栏而立，双眸微合，正嗅着一朵粉色大牡丹花。一阵和风吹过，她那洁白无瑕、薄不可触的长裙迎风而起，荡出阵阵波浪。一阵令人心醉神迷之光点亮了诗人的脸庞。这时，乐人们奏起一古乐序曲，李白摇晃着脑袋，应和乐曲节奏；片刻，他用那未被醉意减弱的声音唱道：

> 云想衣裳花想容，春风拂槛露华浓。若非群玉山头见，会向瑶台月下逢。
>
> 一枝红艳露凝香，云雨巫山枉断肠。借问汉宫谁得似，可怜飞燕倚新妆。
>
> 名花倾国两相欢，长得君王带笑看。解释春风无限恨，沉香亭北倚阑干。
>
> 李白:《清平调词》其一——其三

李白唱完最后一句，乐队也奏毕最后一组和弦。赞赏之情让皇上一时语塞，他最终激情四溢地叫道：

“天才！真是仙人降临……朕还想再听一遍这无与伦比的仙乐。”

他让人取来一枝玉笛，做一手势，随即试奏起来。笛声悠扬，让鸟儿们都羡慕得停止了歌唱。诗人重新朗诵起三段诗篇，宠妃则在一旁赏玩那硕大的牡丹，喜悦骄逸之情催红了她的双颊，面色看上去比手边的花色更加鲜妍。

第六章

淮水不绝涛澜高，盛德未泯生英髦。知君先负庙堂器，今日还须赠宝刀。

李白:《赠华州王司士》

长安城东段，离宣宁门不远处，矗立着五柞宫，那是一人之下万人之上的右相府邸。

一群达官显贵等候在听政殿内，低声交谈。

丞相坐在一间侧室内，雕花细木护壁板上涂着带金浅绿色清漆。丞相俊秀的五官让人想起他的姐姐杨贵妃，但满脸奸猾贪婪之相遮蔽了他的美貌。他问一旁站着的干办张千：

“此安禄山是何人？他送来的礼物似乎颇为贵重，他的问题是否严重？”

“他是我朝戍守北方边境的一名将领。其母是满洲东胡人，其父来历不明。该部族被我朝大将、家兄张守珪消灭之时，安禄山已长大成人。不知何故，家兄将这个野小子收为义子。战事之初，安禄山曾有多次不俗表现。然而紧要关头，他率领的分遣队被敌军彻底击垮。按军纪，他因失策应立刻问斩，节度使却难以对自己的义子动用军法。因此他命其献礼物到府上，听候您的差遣。”

“还有其他要事要处理吗？”

“今日没有。”

“那我就先办安禄山一案。”

丞相站起身，威严万方地走过大殿，满朝官员们立刻分两行站立。他缓步前行，左顾右盼，或点头，或微笑，这边道一句恭维，那边问一个问题，一路走来，却只能惹起阵阵妒忌和怨恨，鲜少有人对他心怀爱慕或感激。

他终于穿过朝臣们的行列，走上高出两级台阶的平台，在一张铺着红绸布的桌子后面坐下。尾随着他的干办大声宣道：

“宣安禄山上殿！”

这时，一身宽体胖、着紧身上衣的男子出现在殿内。其人肚皮直垂过膝，两颊如鼓风布袋。头盔显得过于微小，垂在脑后。因太过肥腻，他那一对机灵的小眼半睁半闭。他妄图用他那滑稽的相貌作悔过状，却只能扮出一张引人发笑的鬼脸。

丞相和在场官员见了他，殿内立刻发出一阵爆笑。此人颇为吃力地跪下，说道：

“犯弁安禄山，叩见丞相爷。”

他试图拜倒，却因身体肥胖无法俯身至地。最后，他又站了起来，面呈猪肝色，说不出话来。殿内笑声更加响亮，丞相宽恕道：

“平身。”

“犯弁罪应至死。”胖子重复道。

“把犯罪情由细说一番。”

“犯弁遵奉军令，率分遣队征讨契丹。不想番兵夜来从后面突袭我军，与我等对峙。面对敌众我寡，小人并未临阵脱逃，下令抵抗，以拖住敌力，救我军大部于水火之中。在此夜袭中，小人虽只是身受轻伤，部下却无一幸免。番兵因恐我军增援，最终夺北路而逃。黎明时分，我独自一人前往军营与我军会合。虽然我等惨遭突袭，却也因此使我军军营幸免于难。因此肯请大人曲赐矜怜，顾及小人罪过之特殊情形。”

“铁律如山：丧师之将为无能者，罪当至死。”

胖人一听，不禁抽噎起来。殿内再次响起笑声。

丞相看着他，突然心生一念：此丑角也许能讨万岁爷欢心？

“你有什么本领？日后你若能派上用场，也许能帮你赎罪。”

“犯弁通晓北番四种语言。”

“我就以此为辞奏请圣上，命你为京中译员。”

边将心中大喜，面容松弛，连忙跪下，以番礼高呼：

“蒙丞相爷大恩，容犯弁犬马图报！”

杨国忠却已示意下人把他领出门外，开始处理其他事宜。

翌日，他领着安禄山进殿，亲自把他引见给陛下。安禄山微绽笑脸，立刻招来一片笑声。胖子对自己制造的这一效果似乎颇感得意。

皇上听了丞相的汇报，点头同意任用安禄山。接着，他用手指着新任翻译官的大肚子，说道：

“你这肚子中究竟装着什么，撑得它如此庞大！”

一阵活跃的气氛平息之后，番人故作天真地回答道：

“此腹盛小人对万岁爷的一片赤心，尚嫌太小！”

皇上大悦，转身对丞相说：

“过会儿让贵妃见他一面。朕保证她愿意认识此人。”

这时，杨国忠低声让安禄山拜见御座后立着的皇太子。番人却高声答道：

“我为何要拜见他？他是何人？”

此事被众人看在眼中。译官的无礼引起了一阵不安的沉默。陛下却笑着对他说：

“千秋万代后，朕不在之时，他就是将要统治你们的人。”

“臣忠心耿耿，”番人语气坚定地说道，“臣无法接受陛下您之外的其他人日后统治天下。”

有人笑了起来，而更多的人一面被这胖子佯装的无知逗乐，一面心中盘算，自己有朝一日是否得当心这个老谋深算之徒。

早朝结束，众臣散去。杨国忠和安禄山跟在皇上后面，上了一辆彩漆二轮马车，朝荣华殿缓缓驶去，贵妃娘娘正立在宫阶下，恭迎圣驾。

她开始向陛下行常礼，致恭辞，可话说到一半，她发现了那番人，顿时笑得前俯后仰，满面通红。陛下见妃子乐不可支，心下亦生欢喜，微笑着看她。

安禄山立刻跪下；可是他心中一急，忘了身形，失去平衡，滚到一边去。在场者都笑得上气不接下气。一向沉着冷静的高力士，这时也笑出了眼泪，上前扶他站起来。安禄山却用游牧民族对女人的致辞含糊不清地说道：

“您就是我亲娘，我要吮吸您的乳汁！”

这句话在京城人尽皆知，让人听了忍俊不禁。贵妃娘娘满心欢喜，回答道：

“你这个乳儿，倒真是来对地方了。”

从那日起，宫里人便只知道安禄山叫“贵妃乳儿”。皇上对这戏言也心无芥蒂，安禄山时常成为这对皇室夫妻私下用膳时的座上客。不久，他便被当作皇子般亲切对待。安禄山故作乖巧无知样，冒宫中之大不韪，每次总是先向杨玉环行礼。因为按照沙漠人的礼数，母亲才是一家之主。

第七章

东风扇淑气，水木荣春晖。白日照绿草，落花散且飞。孤云还空山，众鸟各已归。彼物皆有托，吾生独无依。对此石上月，长醉歌芳菲。

李白:《春日独酌》其一

暮春时节一个阳光明媚的早晨，整个宫廷都在迎接三月三的到来。贵妃身着一袭雅致白裙，云鬓和腰带间佩花，在露台上立等皇上驱车前来，携她同游曲江。

红蓝相间的鹦鹉栖息在玉阶旁的栖架上，朝贵妃百般献媚，它不时低下头，像多情的鸽子般咕咕直叫。美人笑看着鸟儿，嘴里不停地轻声念道：

“南无阿弥陀佛！”

鹦鹉也试着用它那迟疑而沙哑的嗓音重复它女主人那动听的音调。

一年轻侍女从屋内走出来，说道：

“贵妃娘娘！您的姊妹，秦、虢、韩三国夫人已乘车在殿外等候，问是否已到启程之时。”

“长生，告诉她们不必再等。我们随后就到。”

这时驶来一辆金锦马车，四周有士兵护卫。士兵们身着饰有金银箔片的绸质护胸甲，肩后背箭筒，一侧挂重剑。队列前有持鞭者四人，其鞭柄短，为金质，鞭带长且沉，他们负责驱散宫门外的人群。

马车停了下来；皇上拉开车帘，伸出头，面带微笑。高力士已摆好搁脚凳，扶贵妃上车。贵妃双腿交叉，在椅垫上坐定。一声令下，一队人马迅速穿过花园。

宫殿正门朝南开放，紧挨着京城，灰色城墙的雉堞间，早已挤满了无数游人，欢呼声直冲云霄。马蹄下香尘满路，远看去，马车和骑士如腾云驾雾一般。

到了园子门口，一行人四散开去。大臣们把缰绳皮鞭丢给侍从，三三两两地沿着花树小径漫游。撩人的春光令人如痴如醉。他们尽情品味着新花的芬芳和那像裹了一层金绿色烟气的细柳散发出的清香。

李白面带酒色，谈笑风生，他的朋友检校工部员外郎杜甫也不甘示弱，对答如流。

巨大的园子中央，清澈的曲江在白沙凳间蜿蜒。水岸一边，竹林下掩映着一层青苔。另一边，微微泛蓝的冷杉树下，遍地都是紫色的欧石南。河水慵懒地向北流去，不一会儿便与渭河合流。透过园中的重重树影望去，只见渭河上一艘艘平底帆船高高地扬着窄帆，缓缓驶过。曲江在某处拐了个弯，把水注进一片种着各式莲花的狭长池塘内。池塘一角，平静的水面上倒映着一座七层涂釉宝塔，塔位于一片黄瓦建筑的入口处。一百年前，正是在这座慈恩寺中，从印度归来的高僧玄奘，每日讲解一章他从佛国带回的真经。

曲径通幽的小路随意蜿蜒，兴致昂扬的漫步者们沿着小径前行。在一小片草坪边，有一座倾圮的茅屋，修园的工匠巧夺天工地让它保持原状。在四处漏风的屋顶下，一张布满灰尘的桌子上还放着几尊陶瓷酒杯。

皇上停下脚步，身边围着杨玉环和三位迷人的妃子，他欣赏着这奇妙的景致。杜甫走上前，摇晃着一只手，朗诵道：

苔径临江竹，茅檐覆地花。别来频甲子，归到忽春华。

倚杖看孤石，倾壶就浅沙。远鸥浮水静，轻燕受风斜。

世路虽多梗，吾生亦有涯。此身醒复醉，乘兴即为家。

杜甫：《春归》

皇上听了，表示赞许。群臣欢呼道：

“美哉！妙哉！……‘归到忽春华’……多么巧妙的赞叹！”

“‘轻燕’就是那绝代佳人飞燕。‘轻燕受风斜’一句暗指旧时仙妃深得皇恩圣宠，如沐春风。多么精辟的比喻！”

兴高采烈的漫步者们沿着湖岸一路前行，春风和煦，天蓝色的湖水闪闪发光，婀娜的细柳倒垂至如镜水面，水中映出杨柳的姿影。

一行人来到寺庙门前，跨过荒弃的门槛，朝矗立着七层浮屠的西院走去。进入塔内，他们走上阴暗的楼梯，站在突出的阳台上，阳光明媚，风景尽收眼底，这风景让每层楼都熠熠生辉。

他们终于来到顶层大殿内。涂漆的餐桌上已经摆好筵席，伶人的乐队在清新明快的装点中闪闪发光。

环绕四周的巨大窗口外，是无边无尽的景色。西面和南面，是高耸挺拔，覆盖着百年青松的终南山。东面是京城，那是圣贤之都，一座座塔楼和一片片屋顶金碧辉煌；宫殿依水而建；渭河上驶过艘艘巨大的平底帆船；更远处便是华山山峰。北面，无边的金色平原波荡起伏。

待大家坐定后，筵席开始，宾客们无拘无束地传杯弄盏。陛下突然面带微笑，高声说道：

“诗人们！你们的灵魂只顾享受口腹之欲，也许早就忘了我们周围的大好风光。朕要让你们无地自容，今天，就由我首起作诗，以飨众卿家。”

大家惊呼起来，只见皇上已经举起一只手，众人闭口，听乐队节奏。他唱道：

暇景属三春，高台聊四望。目极千里际，山川一何壮。太华见重岩，终南分叠嶂。郊原纷绮错，参差多异状。佳气满通沟，迟步入绮楼。初莺一一鸣红树，归雁双双去绿洲。太液池中下黄鹤，昆明水上映牵牛。闻道汉家全盛日，别馆离宫趣非一。甘泉逶迤亘明光，五柞连延接未央。周庐徼道纵横转，飞阁回轩左右长。须念作劳居者逸，勿言我后焉能恤。为想雄豪壮柏梁，何如俭陋卑茅室。阳乌黯黯向山沈，夕鸟喧喧入上林。薄暮赏馀回步辇，还念中人罢百金。

明皇帝：《春台望》

听众的喝彩声经久不息，以至于惊吓到了鸟儿。对于诗作高深的运思和迤逦的风格，每个人都竞相表达自己的倾慕之情。

“如此杰作一出，下面恐怕再无人敢发言了。”

群臣中有一个叫岑参的人，他猜到筵席会在塔楼上举行，于是费了很长时间准备了一首诗，权充即兴之作。所有诗人都不来竞诗，他见展示自己的机会来了，于是谦虚地说道：

“我知道诸位都不敢作诗，与此完美之作媲美。唯敝人深知自己诗作无文，不怕黯淡诸位刚才所得的超绝印象。遵圣旨，我就随拙性发挥，各位见笑了。”

他跟着节奏诵道：

塔势如涌出，孤高耸天宫。
登临出世界，磴道盘虚空。
突兀压神州，峥嵘如鬼工。
四角碍白日，七层摩苍穹。
下窥指高鸟，俯听闻惊风。
连山若波涛，奔凑似朝东。
青槐夹驰道，宫馆何玲珑。
秋色从西来，苍然满关中。
五陵北原上，万古青濛濛。
净理了可悟，胜因夙所宗。
誓将挂冠去，觉道资无穷。

岑参：《与高适薛据登慈恩寺浮图》

群臣屏住呼吸，皇上感叹道：

“誓将挂冠去！好梦！脱离尘世，飘于人世之上，翱翔于蓝天之间……”

贵妃娘娘最小的妹妹虢国夫人一脸调皮，她看着周围人严肃的神情，噘起嘴说道：

“誓将挂冠去？连我们你也不要了吗？”

皇上忍不住笑了起来。他的龙眼盯着小姑娘那机灵的大眼睛望了一阵。杨玉环注意到这一眼神。她明亮的脸上掠过一丝阴影。

筵席尾声，这个微醺的小姑娘妙语连珠，逗得皇上圣心大悦。皇恩盛隆，让这个小女子有些不自持，她没有注意到她的姐姐正因妒火中烧而花容失色，待在那里一言不发。

当天空中泛起粉色和橙色，预示着傍晚来临时，宫廷中一行人走下浮屠。寺庙门前的曲江上，乘有金色橡皮蹼套的细长朱砂游艇系在岸边，等候这群漫步者到来。

皇上手牵着她的新宠，甚至无暇和贵妃打声招呼。杨贵妃直直地站着，面色苍白，一动不动地看着他们，大家都不敢说话。就在这僵持的沉闷中，轻盈的小艇远驰而去。

杨玉环独自留在岸边，身后跟着她的随从。她一声令下，二人快步朝园子入口处走去。

散步者们上了小艇，便如摆脱了束缚一般，谈笑风生。可是不一会儿，凄美的夜色便让他们安静下来，心中开始遐思畅想。

镏金暮色占据了天空。紫云染上了一层火红。水面像是一大块正在融化的金属，伞状叶片上的睡莲银光点点，桨手们划过时，银色光点也跟着轻轻荡漾；波光粼粼的浪头触到长满苔藓的河岸，悄声消逝。

乐队奏起宽广和谐的音调。在这平静夜晚的无尽沉默中，响起了杜甫那深沉而扬抑的声音：

落日放船好，轻风生浪迟。

竹深留客处，荷净纳凉时。

公子调冰水，佳人雪藕丝。

片云头上黑，应是雨催诗。

杜甫：《陪诸贵公子丈八沟携妓纳凉，晚际遇雨》其一

每条船上都传来啧啧赞叹，经久不息。这时陛下说道：

“我们的‘人境仙士’不愿和我们分享他的内心情感吗？”

看到杜甫得志，李白有些心生醋意，他还沉浸在贵妃娘娘被弃的窘境中。

他毫不迟疑，指挥乐队奏起一段尖厉凄凉的旋律，唱道：

黄云城边乌欲栖，归飞哑哑枝上啼。

机中织锦秦川女，碧纱如烟隔窗语。

停梭怅然忆远人，独宿孤房泪如雨。

李白：《乌夜啼》

面对这大胆的指责，群臣心下恐慌，不敢说话。皇上却面带微笑，赞许地说：

“他确实道出了我们心中的凄凉。天色已晚，雨泪沾湿了我们的外衣。我心下感伤，仿佛自己不是你们中的一员……乌鸦也振翅疾归，我们就学它们，快快赶往望春宫，让那里的光影和歌者愉悦的歌声驱散我们的愁绪。”

第八章

芙蓉不及美人妆，水殿风来珠翠香。谁分含啼掩秋扇，空悬明月待君王。

王昌龄:《西宫秋怨》

按照传统，西宫专为贵妃而设。被冷落的杨玉环满腹哀怨地躲在西宫最深处，连她的知己们都被拒之门外。

三月三之后已经过去多日，朝中的游人却是刚刚回来。虢国夫人坐在西宫的一间侧厅内，等候姐姐接见。透过大敞的正门，她心不在焉地看着百年古木掩映下摇曳多变的树影，树下有几座花坛和长满苔藓的池塘。明净的天空中，白燕回旋，如雪片，不时成双成对地栖息在黄梁或宽阔的屋檐下，婉转啼鸣。年轻的虢国夫人伤感地思忖道：

“承蒙天眷，圣恩之馨香直入贱身。我又如何能轻易拒皇恩于千里之外？唉！一切皆是玉环之功。我正是借玉环之宠，才叨膺虢国之封，坐拥百座城池。也是她时常将我召入宫来。

可如今，我无意之下却给她带来这般痛苦！……圣意虽浓，人言可畏。昨日圣上要奴家同进大内，奴家再三辞归。可她相信否？雨露恩浓，花枝却会在金笼中凋零。唉，我又羞又愧，却只能顺从圣意。”

这时，一太监引秦国夫人进殿，夫人急忙跪在妹妹面前说道：

“妹妹喜也！”

“何喜之有？”

“宫中传言，说你即将荣登新位。”

“哪里的话？”年轻女子答道，“我要离宫而去倒是真的。就因酒宴助兴，让我得到圣上垂顾。可一夜春意如何能让我忘了手足情浓？”

“玉环妹妹越发骄纵了！这时她正妒火缠心，不知能否忘了那日之痛？”

“她寸心如割，甚至不愿听我说话。她若是不收敛傲气和怨火，圣上恐怕会拒她于门外！”

“你再劝劝她！”

“她不愿听我说话。”

正说着，高力士身着朝服走进殿来。夫人们迎上前去。可还未等她们开口，他便说道：

“请莫凑上前来，我是来报噩讯的。贵妃娘娘未经允许擅自离园，圣上大怒，命我将她送归丞相府。”

“啊！”秦国夫人痛苦地叫道，“我就说她这般嫉妒任性，终究要惹出祸端！”

“唉，”虢国夫人低声哀叹，“她人虽去，恨却在。谁知日后会不会被悬梁赐死？”

高力士耸耸肩，回答道：

“天有不测风云，唯有爱之春风能驱散狂风骤雨。”

他消失在宫殿深处，夫人们心事重重地上了马车。

与此同时，气派庄严的汉朝古殿五柞宫内，丞相得知妹妹被谪遣的消息。他担心此事会带来严重后果，于是坐立不安，久久陷入沉思。

一太监进来，禀报杨玉环驾到，他立刻出门，朝第一层宫院走去。一驾简朴无华的马车驶进院内，四周有皇家侍卫护驾。

丞相走上前，俯身拜道：

“参见贵妃娘娘！娘娘驾到，令小人蓬荜生辉！”

他扶着妹妹走下马车，将其引入内室。她坐下，感叹道：

“自从出了宫闱，我颠荡的灵魂就难以平静。泪痕一次次被新泪冲淡。不公的命运啊！我是否注定无缘再尝他的浓恩圣宠？君恩已如水付东流，在我心底，对他的爱之乐早已化成悔之痛。冷落的寒风横扫西宫，我一出了重重金门，便与圣上如隔九天……纯净的夜啊！那园中的明月，是否永无照影之期？我是否要永远忘却那云雨爱抚？兄长，告诉我，此间可有哪里望得见宫墙？我就常居彼处，远离一切，在悔恨中孤老终身。”

“前面御书楼上，朝西北望去，你便能看到宫墙灰色的雉堞和树影掩映着的金色玻璃瓦。”

“带我上去吧……”

二人穿过蜿蜒的回廊和小径，朝宽敞安静的御书楼走去。一段小楼梯通往一间阳光充足的房间。沿着四壁放着书架，书架上盛着写有手迹的丝绸卷轴。

打开装了纱网的窗格，首先映入眼帘的是诱人的平康里，那里是莺歌燕舞的风月场。再向远望去，整座城尽收眼底，塔楼，灰瓦，十二座城楼，绿树，城中景色一览无余。树梢头百鸟争鸣。在这座静思室内，城中的各种声音依稀可辨。

杨玉环顺着她哥哥指的方向目不转睛地看去。片刻之后，她说道：

“我心痛得眼前一片模糊……”

“阳光下闪烁的那些金瓦，你也看不见吗？”

“现在看见了。那是紫禁城的屋顶。昨天，就在那里，贵妃的凤凰金簪还在我头上颤动。爱之红云曾点亮了我一生的希望。以前陛下每日都对我重复说，他对我的爱还未散尽，鬓发就会先白了……”

贵妃苍白的脸上流下滴滴泪珠，丞相良久不语。人间之切痛，莫过于空望着那曾经的安乐地，却已无法企及。

第九章

风急天高猿啸哀，渚清沙白鸟飞回。无边落木萧萧下，不尽长江滚滚来。

万里悲秋常作客，百年多病独登台。艰难苦恨繁霜鬓，潦倒新停浊酒杯。

杜甫:《登高》

日夜交织，就像织布者手中的机梭，来往反复。一股凄绝沉闷之气笼罩着弃妃的阁楼。她终日一动不动，目光呆滞，泪水早已流干。她心中的绝望和对失宠的悔恨渐渐扑灭了她的傲气和妒火。

一日傍晚，长生带着表情冷漠的高力士来到阁楼。杨玉环欢快地站起身，自从她离宫之后，苍白的双唇间第一次露出一丝微笑。

“你来了，力士？看见你让我满心欢喜。你让我想起了如此美好的日子。”

“参见娘娘……”

“平身，请上坐……”

“微臣岂敢？”

“你不是皇上身边的人吗？除了上座，我哪能给你安排其他位置！你有陛下的消息吗？他的龙体……”

“陛下生活索然无味，整日坐在金殿内长吁短叹……”

“宠妃……”杨玉环刚要启口，又戛然而止。

来者已猜明她的用意，他接着说道：

“虢国夫人已经离宫而去。一日，我站在万岁爷身旁，默不作声，听见他嘴边轻唤娘娘您的名字。”

“唉，他竟然还会想着臣妾。”

“奴婢愚不谏贤。娘娘您深明圣心。”

见她沉默不语，高力士慢声说道：

“娘娘倘有什么东西，付与奴婢，乘间进上，或者感动圣心，也未可知。”

“我有何物可以进献给陛下？有什么东西能够寄托伤怀，感动圣心？”

高力士点了点头。杨贵妃接着说道：

“我想一身之外，皆君所赐；千行泪珠也已流干，甚至无法将它们用金盘进上……只有我这身子……有了！他曾多少次轻抚我的香润青丝，曾多少次赞赏束在青丝上的云扣！把镜台金剪拿过来……”

她拿起丫鬟递来的东西，心有不忍，却还是剪下重重一缕如丝乌发。看着手中拿着的光亮发辫，她那枯竭多日的泪水再次涌了上来。

“在我春风得意之时，你对我忠心耿耿。想到要离开你，我的心就在滴血……头发啊！我这一身上下再无他物可进献陛下。唯有我的心灰意冷和一片赤诚。高力士，接着我的头发，把它们献给皇上。说臣妾罪孽深重，万死难赦。可让我永世不得再睹天颜，这种折磨对于活着的我来说，不是胜过被处以千万次极刑吗？谨献此发，让陛下记起我的容颜，证明我的悔恨和无望之情。”

高力士跪下，双手接过这珍贵的信物，说道：

“娘娘请莫烦愁。奴婢带着这无价之宝速速赶回，定向圣上如实禀报。”

他站起身，又拜了一回，远去了。杨玉环坐在那里，双手捂着脸，不停地抽泣。

第十章

独坐悲双鬓，空堂欲二更。雨中山果落，灯下草虫鸣。

白发终难变，黄金不可成。欲知除老病，唯有学无生。

王维：《秋夜独坐》

傍晚，明亮怡人的霞光把御殿内高高的梁柱染成绛紫色，梁柱间挂着重重的蓝金相间的锦帘，清新的春风吹过，锦帘摇曳。帘布晃动时，光影交织在席子、暗金色绿花毯和红漆高柱下的雕花石座间。殿外的灌木丛里，群鸟陶醉在清丽的春光中，成双成对，尽作欢声。花圃里，鲜花争妍夺俊，竞相开放。

早朝早已结束，皇上却仍一动不动地坐在高高的金玉座椅上。他感叹道：

“失策之举之后，必有伤感和悔恨。千怨万怨，罪过终已成现实。后果总是一环接着一环，重重迭生。正如一层石激起千层浪，势不可阻……新草赐无价外衣于草坪，灌木丛中盛开奇花异朵，空气醉人，甚至连年迈者也心旌荡漾。人们心中温情四溢，不禁想插上翅膀，翱翔蓝天……可这又有何用？杨妃骄妒，见不得我离开她寻片刻欢娱。谁知她去后，我又总是触目生憎，对景惹恨。其兄入朝谢罪，请自逐于其领地之上……寡人又无颜见他……”

这时，一太监走上大殿台阶，跪在门前。皇上视若无睹。片刻之后，下人说道：

“万岁！玉樽中的酒已凉透，金盘中的菜肴换了一遍又一遍……皇上的龙体……宫中派小人来……”

皇上从思梦中惊醒，站起身，怒目而视：

“谁叫你来的？侍卫！”

话音刚落，头戴铁盔，手持宝剑的侍卫统领跑上前来。皇上指着那奴婢说道：

“揣这厮去打一百板，发入净军卫所去。”

“遵旨。”军士回答道。

他做一手势，罪人战战兢兢地随他而去。皇上一人独处，痛苦地低声说道：

“用膳？纵使有天上琼浆，海外珍馐，我也是食之无味……”

绚丽多彩的白昼逐渐被金色的黄昏代替，接着，夜空中又布满了银色的星点。痛苦万分的皇上一动不动，任由他的灵魂飘忽于肉身之外，世界上已没有什么能够打动他的凡心。

台阶上响起一阵脚步声，高力士走来，跪下，静静地等候陛下发问。他手里举着一精雕细琢的托盘，里面盛着那已不再是贵妃之人送来的礼物。

陛下发现了高力士：

“你来做什么？你给我带了什么贡品来？”

“是娘娘的头发。”他简单回答道。

“什么？玉环的头发？”皇上惊讶地问道。

“娘娘对奴婢说，她自恨愚昧，上忤圣心，罪应万死。可是，她被逐出宫门，无缘再睹天颜，这惩罚胜过被赐死千万次。她一身之物皆您所赐，唯有剪下一缕青丝，以示懊悔和无限依恋之情。”

皇上唇边露出一丝感动的笑容，他恭敬地捧起厚厚的秀发，一直捧到脸边：

“爱妃！”他叫起来，“这辫子上满是她的体香！你是她的一部分，碰到你，我的心就乱了！忧郁散尽，静如止水的心中又开始激情荡漾。哎，你再也不能编成两簇蝉目发辫！朕再也无缘目睹你那高束的云髻！”

这时，高力士斗胆打断皇上的思绪，说道：

“万岁！奴婢想杨娘娘既蒙恩幸，万岁又何必使其沦落外边？有罪放出，悔过召还，正是圣主如天之度。还请圣上莫再任由忧郁攻心。”

“高力士，就按你的意思去办。快去！到五柞宫迎回贵妃，带她到朕身边来。”

“臣遵旨！”

侍从总领站起身，迅速离去。

阴暗的大殿内，银色月光的光束缓步移动。远处园中的灌木丛间，红绸布糊制的圆灯笼忽明忽暗。灯笼靠近时，沉睡的花朵便着上了千万种深浅不一的色调。

一辆轻捷的马车驶来，马车外裹着洋槐和翠鸟色绸布。杨玉环一袭透明薄纱，从马车上走下来。她步履轻盈地走上前来，跪在皇上脚边，抽泣道：

“今得重睹圣颜，臣妾死亦瞑目。”

皇上俯下身，扶她起来。

“妃子何出此言？让我们忘记这一时错见，永不再提那伤心事。看见你，我胸中的痛苦便得以平息，如雪融春辉中。”

“一朝识破了离愁的滋味，我俩的恩情当更添千倍……”

又听见娇音爱语，陛下通体酥透。他看着那张心爱的面孔和光亮的丝绸掩映下无尽娇柔的神秘玉体，如享盛宴。妃子的缕缕短发让她看上去多了一份无邪童真。那雪白纤柔的脖颈为迷人的她平添一份撩人的魅力。

他颤巍巍的双手缓缓抚摸着美人的双臂，理智完全陶醉在触感中；他把失而复得的宠妃搂入怀中……激情让他们严肃的面孔变得苍白，炯炯有神的双眼前一片漆黑。在这庄严的交合中，宇宙得以再生。

第十一章

朱绂遗尘境，青山谒梵筵。金绳开觉路，宝筏度迷川。

岭树攒飞栱，岩花覆谷泉。塔形标海月，楼势出江烟。

香气三天下，钟声万壑连。荷秋珠已满，松密盖初圆。

鸟聚疑闻法，龙参若护禅。愧非流水韵，叨入伯牙弦。

李白:《春日归山寄孟浩然》

菜市口广场上，行人纷纷。那一日，许多人不无惊讶地驻足在京城最有名的酒馆极乐楼门前。一阵罕见的喧闹声从楼上传来。新来的客人问起这声音所出何处，跑堂的伙计回答道:

“是八位‘酒仙’在替翰林院的贺知章饯行。”

“饯行？”有人问道。

“是的。您不知道他将要离开皇宫，去道观里修读老子经义吗？”

楼上房间里，贺知章坐在主位上，右边是皇上的侄儿汝阳太子，左边依次是新任左相李适之、齐国公崔宗之、太子左庶子苏晋、李白、张旭和焦遂。崔宗之的英俊千里挑一；苏晋是虔诚的佛门弟子；李白还是那副醺醺醉样；张旭见到上好的书法便会飘飘然，激情所至，就会忘了礼数；焦遂空着肚腹时一个字也说不上来，可一旦酒过三巡，便会妙语连珠。在座的还有诗人检校官杜甫、孟浩然和王昌龄。孟浩然以新奇精妙的文思闻名于宫廷内外，王昌龄的诗文也是无可指摘。

席间诗词、歌曲、笑话、趣谈混成一片。贺知章最近的一次奇遇让在座的每个人都笑出眼泪来：

“你们能想得到吗，”他说道，“三日前，我从山中回来，想必是那大自然的壮丽和道观中美酒令我激情四溢。我骑在马上，看见满眼都是星星，我俯下身，欣赏池塘里倒映的新月，顿时爱如潮涌，产生了拥抱这颗夜之星辰的念头……第二天早晨醒来时，我发现自己睡在井底，一半身子浸在寒水中，幸好那是口几乎枯竭的水井。”

一片笑声稍稍平息，汝阳太子又嚷道：

“知道上次御宴时我怎么了吗？我烂醉如泥，以至于动弹不得。起身的口号响起时，我却无法移动。皇上站了起来，我却还坐在那里！这可是死罪。幸好我灵机一动，滚到地上，以额头叩地，装出一副罪不可赦的样子，以便能够一直待在地上。皇上一眼看穿了真相。他笑着，命人把我扶到随从身边，还说有朝一日要派我去酒泉做太守。”

“还有我们的老友李白！”王昌龄大声说道，“那天皇上召他乘船同游白莲湖，他一如既往喝得酩酊大醉，那副样子真是好笑之极。人们把他拖到码头上，我们的新任元帅高力士扶着他。可不管怎么做，人们就是没办法把他弄上御艇！”

“说得没错！说得没错！”杜甫在一片欢呼声中说道。“你们可真是群酒仙，我要歌颂你们的过人之处，让你们的名字直到世界终结的那一天仍被传诵。大家都听好了！”

知章骑马似乘船，眼花落井水底眠。

汝阳三斗始朝天，道逢麹车口流涎，恨不移封向酒泉。

左相日兴费万钱，饮如长鲸吸百川，衔杯乐圣称避贤。

宗之潇洒美少年，举觞白眼望青天，皎如玉树临风前。

苏晋长斋绣佛前，醉中往往爱逃禅。

李白一斗诗百篇，长安市上酒家眠，皇上呼来不上船，自称臣是酒中仙。

张旭三杯草圣传，脱帽露顶王公前，挥毫落纸如云烟。

焦遂五斗方卓然，高谈雄辩惊四筵。

杜甫：《饮中八仙歌》

一阵掌声响起。这时，孟浩然在白墙上写下杜甫的诗句，旁边还有上百首其他的诗。

“妙哉！妙哉！”其中一个人说道，“诸位看他是怎么按级别来排列名字的：先是翰林院的贺知章，接着是太子、左相、齐国公……即使有美酒和诗情助兴，他还是在礼节上做足了文章！”

突然，窗外传来一阵叫嚷，间有行军队伍的吵闹声和车轮的吱嘎作响，喝彩声戛然而止。一位宾客打开窗，叫道：

“是一列边军。我们到近处瞧个明白。”

宾客们连忙吃完杯中的酒，走下狭窄的楼梯，穿过广场，站到人群中。军队侍卫为了防止有好奇者前来滋事，扬着长鞭，策出一片空间。

原来是蒙古沙漠上征讨单于的军队胜利凯旋。战士们的护胸甲上满是尘土，手持带钩长矛和重剑，身背弓箭和箭筒。他们满载珍贵的毛皮、各种金银饰品和敌军的尸体。不过，最重的战利品还装在尾随军队的运货车上。

战胜者们所经之处，响起阵阵欢呼声。女人们总是对力量和胜利情有独钟。她们顾不得害羞，在这些意气风发的战士们身上驻目。

第一军团后面驶来一辆马车，车上载着一个囚笼，笼中跪着一位将领。他虽为屈辱和忧郁所折磨，脸上却依然不失尊贵和开放之气。

面对这个俘虏，李白立刻情不自禁地产生一种深切的同情。他走上前去，询问侍卫。谁知那将领自己冷冷地答道：

“我是郭子仪。因战马被杀，我倒在地上动弹不得，于是成了囚犯，被交还我军。我会被在公共广场上处死，以警诫那些有意败降之兵。”

李白没有再问下去。他朝侍卫叫道：

“停下！停下！我要担保此人，打开囚笼。如果明天皇上不下赦令，他再回到此地受死，或者我替他受死。”

护卫队停下来，犹豫不决。可是人们认出了这位饱享圣宠的诗人，于是叫道：

“你们竟然敢违抗翰林院最具盛名者之命？”

军队头领一声令下，囚笼被打开。郭子仪跳到地上，跑过来跪在救命恩人面前答谢。李白却打断他的话，说道：

“如今太平盛世之时，文人显得无所不能。可一旦遇到兵荒马乱，将士们就有了决定施善或行恶的权利。我相信你一定会多行善事。”

他拉着他那仍然惊讶不已的新朋友，来到宴席前。席上的其他宾客已经开始谈笑风生起来。

过了一会儿，喇叭和铜锣声再次响起。大家竞相来到窗前观望。可是这一次，路旁的人群鸦雀无声，听不见一声喝彩。骑马走在队列前头的，是一个衣着奢华的胖男人，他的坐骑简直难以承受他的重量。

宫廷中的传令官走在他前头，摇晃着金边小旗叫道：

“让开！给新任东平郡王让路！”

饭厅里有人嘀咕道：

“安禄山竟然拥有了大唐领土的一部分，嗬！”

郭子仪紧盯着番贼的脸，低声说道：

“就是这个安禄山！他有何德何能，如今竟能得一片领土？此人一脸反相，总有一天要搅得天下大乱……狼子野心啊！”

“嘘！小心！”旁边有人说道，“他可是权极一时，但愿你的话没被别人听到……”

宾客们默不作声地回到座位上，过了一阵子，酒还在杯中。分别的时刻快到了。李白站起身，伤感地说道：

“朋友，我真羡慕你能离去。”

出门见南山，引领意无限。

秀色难为名，苍翠日在眼。

有时白云起，天际自舒卷。

心中与之然，托兴每不浅。

何当造幽人，灭迹栖绝巘。

李白：《望终南山寄紫阁隐者》

当一片唏嘘赞叹声平息后，汝阳太子站起身，庄重地说道：

“圣旨到！”

大家立刻起身。太子从怀中拿出一卷胭脂红色卷轴，宣布道：

“翰林院贺知章接旨！”

贺知章立刻跪下。太子站立着，继续说道：

“圣上已正式接见过翰林院最博学之士，特命我在他临别时，当诸位的面，转赐印有玉玺的送别诗一首，以表惋惜和敬意。”

遗荣期入道，辞老竟抽簪。岂不惜贤达，其如高尚心。

寰中得秘要，方外散幽襟。独有青门饯，群僚怅别深。

明皇帝：《送贺知章归四明》

第十二章

床前明月光，疑是地上霜。举头望明月，低头思故乡。

李白：《静夜思》

寝宫内透明的窗帘下，杨玉环正在闭目养神。再度得宠让她心生欢喜，可却仍是眠多惊梦。她的灵魂不经意间四下张望，忧心忡忡，恨不能把自己和那用爱火温暖她的人永远拴在一起。她害怕那莫名的厌倦之毒药，常常会将人心最深处的一切统统腐蚀。她梦想着能够以出其不意的慧质或美貌震撼她的爱人，给他出乎意料的诱惑，让太过平静的旧情之流再度汹涌起来。

忽然，她倒了下去，一动不动。原来是她那又爱又怕的梦魂出窍，突然离开人间，朝着黑暗的苍穹飞去，一直飞到激情之宫月亮上去。那月亮就像是一只钹，在太空中闪闪发光。

绝世美人嫦娥仙子发现了清辉中不染一丝世间纤尘的杨玉环。她微笑着走下宝殿台阶，身后跟着她的两个亲信：负责在钻石研钵里捣药的玉兔和清脆的歌声陶醉整个夜空的金蟾。

一丛桫椤、丹桂和白榆掩映着月宫，宫门前的坐垫映出一片万紫千红。仙子领着来访者，走到坐垫前。杨玉环要跪下身来，嫦娥却拉住她说：

“你那多情的灵魂已使得你超越凡人之上。你的一往情深和其恒久有朝一日会让你成为我们中的一员……再说了，你不是世主之妻吗？坐到我身边来，我让你来，是要给你你想要的东西。”

她正说着，一行仙女走出来，其美貌妙不可言，玲珑曼妙的身段配着纤薄透明的外衣；她们有的手中拿着乐器，有的披着锦云肩。只听见一段人世罕闻的旋律响起，仙子们启声歌唱。歌声毫无瑕疵，沁人心脾。舞者缓作舞姿。

“此乃霓裳羽衣曲，莫忘了……”

杨玉环沉醉在仙乐中，还未来得及向仙子道谢，她周围的世界就忽然暗淡下来。倚着胳膊睡去的她醒过来，房间里悄无声息，厚厚的床帏外，夜明灯晃动着微光。

她站起身，小心翼翼地裹上一件宽大的浅绿色银边长袍，生怕有人声搅扰了她眼前的天景。她朝着紫烛灯芯俯下身，点亮夜明灯，在桌前坐下。

窗格朝着花园大敞，萤火虫飞进来，像是夜空中散落的星星。它们停留在雕金花瓶中盛开的鲜花上：那色调微妙变化的花瓣像是放出一阵奇光。突然，它们似乎受了惊吓，群起飞旋，落在镂空护壁板的雕饰上，板上顿时布满点点火光。

可杨玉环视而不见。她已在镂石上磨好墨，在桃色花笺上迅速写下数行蝇头小字，这些神圣的表意文字包含了心智生活的全部：思想、诗歌、音乐。

当东方亮起一阵灰白，预示着黎明之光快要来临时，贵妃还在奋笔疾书。阳光从她的暗室中逃逸出来，金光照亮世界。侍女们为了不惊醒女主人，蹑手蹑脚地走进来。当她们发现遍地是纸，蜡烛还在烧得噼啪作响时，都惊讶得动弹不得。

杨玉环终于写毕。她转过身来说道：

“快！长生，跑去通知乐师总领李龟年，叫他速速来我这里！你，腊梅，去请高力士转奏陛下，说我今晚要在凌霄殿设宴。把我们的诗人朋友们也叫上，今晚要留下不可磨灭的回忆。”

她催得十万火急，以至于她刚梳妆完毕，李龟年便已带着一群“梨园子弟”恭候在平台前。

杨玉环连忙出门，手里拿着一叠记着乐谱的纸。为了给乐师们提供一处安静隐秘的场所，她将他们领到园中一僻静处，让他们在墙角边的一座高亭内制曲。

第十三章

娇歌急管杂青丝，银烛金杯映翠眉。使君地主能相送，河尹天明坐莫辞。春城月出人皆醉[①]！

岑参：《使君席夜送严河南赴长水（得时字）》

暮色钻进宫殿的花园中，给湖边的垂柳镀上一层金黄。鲜花盛开的树上，香气四溢。翠鸟像闪电般飞过，去平台的栏杆下栖身。晚来暖煦的春风，夹着亭子里传出的轻歌笑语，习习吹过。

凌霄殿前的大理石平台上，应邀而来的太子和诗人们聚在一起低声交谈，等候陛下驾到。

台阶上终于响起一阵脚步声。灌木丛拐弯处，首先出现了身着元帅服的高力士。然后，只见皇上穿着绣有金岩和金竹的红云长袍，仪态威严地朝前走来。他的黑纱帽前饰有一

① 岑参原诗为：“娇歌急管杂青丝，银烛金杯映翠眉。使君地主能相送，河尹天明坐莫辞。春城月出人皆醉，野戍花深马去迟。寄声报尔山翁道，今日河南胜昔时。”此处作者因应景之需，截去了后面三句。——译者注

颗巨大的珍珠，帽结解开，像一对坚硬的翅膀展开在脑后。众多千里挑一的美貌宫女跟在陛下后面，步态优雅，欢声笑语一片。

群臣们正要跪下，陛下阻止道：

“此处不论礼节！大家都是朋友。”

他走上粉红色台阶，进入宽敞的大殿内，身后跟着一群衣着奢华之人。细木护壁板上，绿色、金色或银色的油漆涂出一幅幅壁画：画中有追逐猎物的猎人，收网的渔民和花丛间成双成对的恋人。透过拉起的窗格人们看到，园中湖水和矮树的北面，是大江和田野，南面是城市和高塔，映着微微发蓝的终南山。

高力士给大家指了座位，就座的口令一出，宴席就开始了。席间觥筹交错，不一会儿，激情和欢乐便驱散了圣上的威严带来的压抑。

宴会上乐声不断，经久不散的双簧管声用它们神奇的节奏抚慰着每个人的心灵。这时，一向以善舞迎得陛下青睐的五妃张云容突然站起来，跑到大殿中央。只见她慢旋腰身，丝质云肩随风飘荡。

突然间，旋律变换了音调，音乐刚刚奏响，众人便听出这是天外之音，大殿内一片寂静。在整个宫廷的一片赞赏声中，五妃伴着节奏更换舞步，用舞姿勾画着乐队唤起的意象。她时而站着不动，轻抖优雅娇柔的双臂，时而突然停下，接着如临飓风，敏捷有力地跟上节奏，时而又俯下身去，像是不堪无尽忧思的重负。

最后，她用披肩缠住脸颊，低下头，微笑着跑回座位。赞美声如雷轰鸣，在屋顶的金梁间久久回旋。

杨玉环坐着不说话。皇上恐怕她又心生醋意，不敢尽情地赞美舞者。这时，却见贵妃站起身，解下颈间最重的一串珍珠项链，把它挂在云容脖子上，众人惊奇得鸦雀无声。

在这因惊讶而起的沉默中，人们似乎听到一阵悄无声息的和谐之音从远处传来。

皇上深受感动，诗兴大发，轻声唱道：

地有招贤处，人传乐善名。鹫池临九达，龙岫对层城。

桂月先秋冷，蘋风向晚清。凤楼遥可见，仿佛玉箫声。

明皇帝：《同玉真公主过大哥山池》

一阵充满敬意的窃窃私语声为皇上喝彩。这时，乐器再次奏起那神奇的赞歌。杨玉环倚在爱人肩头，用她那清脆的声音唱道：

罗袖动香香不已，红蕖袅袅秋烟里。轻云岭上乍摇风，嫩柳池边初拂水。

杨贵妃：《赠张云容舞》

一曲唱毕，旋律之美令在场的每位宾客心碎。所有人眼中都噙着泪水，作为对贵妃歌声的唯一敬意。

在这全新魅力的吸引之下，皇上胸中爱潮澎湃。上次因贵妃妒火中烧，搅得曲江之游一场乐事成痛事，如今贵妃这不同寻常的悔过之举，让皇上颇为感动。他看着心上人，充满柔情蜜意的目光一直钻进爱人灵魂的最隐秘处：他们看到的，只有对方的温柔和激情。

一阵激动稍稍平息后，欣赏者们又开始交谈，问题接踵而来：

“是谁创作了这如此难得一闻的旋律？”

“是谁编排了这精美绝伦的舞蹈？”

于是贵妃讲起她的梦境，大家摇了摇头，低声说道：

“这是自然的事！她本来就是个仙女。以前我们都这么认为，只是还不确定，如今确信无疑了。人间哪有这样的人才，能长得如此标致！”

这时杜甫站起身，大家闭口，听他说话。乐队还在轻声演奏天音，杜甫大胆地选择了这音乐的节奏和基调，唱道：

佳人绝代歌，独立发皓齿。

满堂惨不乐，响下清虚里。
江城带素月，况乃清夜起。
……
玉杯久寂寞，金管迷宫徵。
老夫悲暮年，壮士泪如水。
勿云听者疲，愚者心尽死！

杜甫:《听杨氏歌》[①]

赞叹声绵延不绝。激动不已的圣上重复着每段诗行，美酒佳酿令他敏捷的头脑飘飘然。他说道：

“杜甫，你的才情无人能及！与你的荣耀相比，太子头衔算得了什么？诗人！你能够称得上仙人了。不过你不是早已经不朽了吗？你的作品和名字永远不会从人类的记忆中消失。”

在座的许多酒客连忙把杜甫的诗和圣上的话抄在折扇上，生怕自己记得不牢，无法把它们原封不动地传给羡慕不已的后世。

① 此处摘录的诗歌与原文差别较大。原诗中的杨氏并非杨贵妃，而是夔州的一名歌女。原诗“玉杯久寂寞，金管迷宫徵”一句在“老夫悲暮年，壮士泪如水”之后。原诗全诗为：“佳人绝代歌，独立发皓齿。满堂惨不乐，响下清虚里。江城带素月，况乃清夜起。老夫悲暮年，壮士泪如水。玉杯久寂寞，金管迷宫徵。勿云听者疲，愚者心尽死。古来杰出士，岂特一知己？吾闻昔秦青，倾侧天下耳。”——译者注

陛下最懂得如何用赞美之词温暖每个人的心，他转身对李白说：

“你，你这个被流放的仙人，你不愿让我们倾听你的声音，不想将这辉煌灿烂之日的回忆永远定格吗？”

诗人彬彬有礼地站起来，俯身说道：

“蒙陛下关心，让臣满心温暖。只是我友已有完美之作在先，鄙人难免相形见绌……”

说归说，他还是驾着轻盈的节奏唱起来：

玉树春归日，金宫乐事多。后庭朝未入，轻辇夜相过。

笑出花间语，娇来竹下歌。莫教明月去，留著醉嫦娥。

绣户香风暖，纱窗曙色新。宫花争笑日，池草暗生春。

绿树闻歌鸟，青楼见舞人。昭阳桃李月，罗绮自相亲。

今日明光里，还须结伴游。春风开紫殿，天乐下朱楼。

艳舞全知巧，娇歌半欲羞。更怜花月夜，宫女笑藏钩。

寒雪梅中尽，春风柳上归。宫莺娇欲醉，檐燕语还飞。

迟日明歌席，新花艳舞衣。晚来移彩仗，行乐泥光辉。

水绿南薰殿，花红北阙楼。莺歌闻太液，凤吹绕瀛洲。

素女鸣珠佩，天人弄彩球。今朝风日好，宜入未央游。

李白:《宫中行乐词》(其四—其八)

第十四章

边城儿，生年不读一字书，但知游猎夸轻趫。胡马秋肥宜白草，骑来蹑影何矜骄。

金鞭拂雪挥鸣鞘，半酣呼鹰出远郊。弓弯满月不虚发，双鸧迸落连飞髇。

海边观者皆辟易，猛气英风振沙碛。儒生不及游侠人，白首下帷复何益！

李白：《行行且游猎篇》

金秋已至，正是狩猎时节。京城中所有的队伍都朝西北开动，沿着渭河逆流而上，一直来到渭河与盘河交汇处。四周是葱郁的山岭，湍急的河流和丛生的野岩。

这一行成千上万人默不作声地分成两队，按照彼此相隔几十里的两条不同路线前进，最后又汇合到一处，形成一个大大的圈。

皇上和宫廷中人留在起点，他们的宿营地在汹涌的大河边一片封闭的草场上，那里搭起了五颜六色的帐篷。

不一会儿，一信使来报告说，猎人们围成的圈开始缩小。皇上一声令下，有人给他牵来一匹黑色种公马，马上套着金色和紫色鞍辔。烈马咬着马衔，摇了摇头，马汗溅得围观者满身都是。皇上跨上马。太子们和群臣已在马上，手中挥舞着弓箭和长矛。卫队中的番将们掩饰不住满心欢喜，嘴里发出粗鲁的叫喊，驾着马飞快地转圈。在他们高举的拳头上，猎隼似乎还未从夏日的沉睡中完全清醒过来。

猎人们排成远远隔开的几列前进，后面跟着侍从，负责收集他们的战果。很快，弓箭的唑嘘声，训隼人的叫喊声，马蹄的飞奔声和受伤的鹿临死前发出的哀鸣声混成一片，战胜者们的欢呼声更是震耳欲聋。

眼前，一队骑士停在红棕色的山坡上，看着猎隼在一只左右跳跃的野兔头上盘旋。猛禽终于像铅球一样扑向逃亡的野兔，把爪子嵌进那双充满恐惧的眼睛，不停地啄食那颗气喘吁吁的头颅。

远处，一只受伤的老虎被一群弓箭手远远地包围，身上被长箭刺得百孔千疮。它企图扑过来，却总是扑空，灵活的弓箭手们避开它的进攻，骑在马上一转身，向它射来致命一箭，猎狗们也缠住它不放，一阵狂吠让它晕头转向。

动物们寻找水源时开辟出一条长长的信道，在这条信道旁的树林中，一张麻绳织成的宽大坚韧的网悬挂在树干间，已经有好几只惊慌失措的狍子自投罗网。高处的树枝间，一张更为细密的网中还有些山鸡和林鸡，它们挣扎着，枉然试图把头或翅膀伸出网外。

然而白日如梭，不一会儿，士兵们的叫喊声就宣告了狩猎的结束。骑士们逐个回到营地，看着侍从们将无数猎物从马臀上取下。

熊熊烈火欢快地噼啪作响，在渐深的夜色中发出红光。每个人只顾着讲述自己的战果，对别人的话充耳不闻。

皇上在五彩绸搭成的宽敞帐篷下设宴，群臣身着猎服，坐在垫子上。每个人面前放着金色的盘盏，里面盛着丰盛的菜肴，盘盏下铺着丝质淡紫色花垫。

皇上让高力士喊乐队来助兴。卫队长官听见后，抬起头，严肃地说道：

“秋猎是军队的一项训练。我们军中没有其他乐队，只有供战时使用的鼓和海螺。”

皇上微笑着答道：

“就让鼓点来给我打节拍。”

不一会儿，帐篷后响起隆隆鼓声，皇上吟诵道：

弧矢威天下，旌旗游近县。一面施鸟罗，三驱教人战。
暮云成积雪，晓色开行殿。皓然原隰同，不觉林野变。
北风勇士马，东日华组练。触地银獐出，连山缟鹿见。

月兔落高矰，星狼下急箭。既欣盈尺兆，复忆磻溪便。
岁丰将遇贤，俱荷皇天眷。

明皇帝:《校猎义成喜逢大雪率题九韵以示群官》

第十五章

冬夜夜寒觉夜长，沉吟久坐坐北堂。冰合井泉月入闺，金缸青凝照悲啼。

金缸灭，啼转多。掩妾泪，听君歌。歌有声，妾有情。情声合，两无违。

一语不入意，从君万曲梁尘飞。

李白：《夜坐吟》

秋日紫灰色的夜幕下，园子中金黄的树梢上映射出变化微妙的色泽。杨玉环裹着宽敞的银鼬大衣，躺在鲜艳的靠垫上，凄凉地看着夜色袭来。她伤心地想道：

“花枝力弱，不胜雨露恩浓。玉露流逝，浓欢之后，总是悲愁。哎！只见水中锦鲤成双，芦苇下鸳鸯结盟。可我呢，爱之行云随风而去，妒之厉风卷土重来……夜幕降临，我却孑然一身。从昨日起，我的心就空为他颤动。痛苦驱散了心中的春意，就像夏日的暴雨卷走残红。我对你无法忘怀，可你……你却另寻新欢。哎，落花的残香啊，你们是否会向我预示着我等的人从暮色中走来？”

这时，一个响亮的声音叫道：

“陛下驾到！”

杨玉环连忙起身朝小径上望去，欢快地叫道：

“来了！他终于来了！”

可她什么也没看到，同样的声音却再度响起：

“陛下驾到！”

她这才明白过来：

“哎呀！这狡猾的鹦鹉也来打诳，让我再次陷入绝望！”

这时，侍女永新小跑过来，急匆匆地说道：

“娘娘，消息来了。万岁爷今晚要夜宿欢醉阁。我从门口经过时，看到护卫队的一排灯笼。”

杨玉环惊呆了：

“被弃之人啊！”她哀叹道，“竟有这等事？我们曾同结夜梦，原来也是一场空……他就这样抛弃了我！他的心是否又被梅妃所占？”

“娘娘知道梅妃已被弃置楼东了。皇上不是赐了她一斛珍珠吗？”

“这个梅精回献一首诗，博取皇上同情。诗题很简单：《一斛珠》，可其中却大有深意。”

柳叶蛾眉久不描，残妆和泪污红绡。长门自是无梳洗，何必珍珠慰寂寥。

梅妃:《一斛珠》

“皇上经不住召唤，就这样弃我于一旁。哎，想到自己独倚的靠垫之冰寒……想到不眠之夜的惊恐……想到我没有朋友的心灵之绝望！他为何情迁意离？我究竟犯了什么错？我们的爱刚刚花蕊初绽，难道还没盛开，就要被冰封雪冻吗？……永新，随我来！我要去见陛下。”

“可是……您不怕触怒陛下？……”

“我倒要看看他如何待我。我要像试玉一样试探他对我的爱，听听那爱的和音，我便能知道它是否纯净无杂。”

“可此时夜将三鼓，万岁爷想必已经安寝。不如明日再去如何？”

“够了！什么也别说了！”美人打断她的话，“他的遗忘对我来说如箭穿身，令我忍无可忍。快去找灯笼来。”

侍女连忙下去，不一会儿又重新出现，手里拿着一盏红绸灯笼，挑在一根长竹棒一头。

两个女人走在花园中，周围一片寂静。灯笼粉色的反光惊起树丛中的睡鸟，一时间，它们以为黎明已至……

陛下的寝宫门口，高力士来回缓慢地踱步。

黑暗中，他发现有紫红色光影。认出来者是贵妃娘娘，他连忙跪下。

她优雅地点头致意，问道："何人在万岁爷身旁？"

"和往常一样，侍卫守护。"

杨玉环冷笑道：

"把门打开，我进去看看。"

"陛下昨晚为政勤劳，对奴婢说要在此静养，不想让他的烦心事搅了娘娘的安宁。于是派我守着这玉户，不让任何人进去。"

"高力士，"她盛怒道，"你连我也敢拦？"

宦官跪在地上，以头叩小径石板，连声说道：

"娘娘息怒！奴婢只是奉君命行事！请娘娘宽恕！"

"你这鬼脸给我滚开！愤恨让我满嘴苦涩。我什么都明白：里面有人。你欺我是失宠之人，处处违拗。我只得自己来敲门了！"

"娘娘慈悲为怀！"宦官苦苦哀求，连忙起身，"待奴婢把门叫开。"

他走到门口，高声叫道：

"杨娘娘到！她要进去！快些开锁！"

大殿阴影处，陛下支着胳膊从睡梦中惊醒。他听见高力士反复叫门。卫队总领站在敞门的屋外，头靠在重剑上。他朝门口俯视，雪白的夜明灯给他的头盔和护甲的金钉上镀上一层银光。他低声问道：

“万岁！杨娘娘来了。门开还是不开？”

“慢着！”皇上说道，“先带梅妃去楼上房间……快把她的裙簪拿走。”

一个优雅的身影从床上起来，皇上和颜悦色地对她说：

“去吧！不要给那些爱我们的人造成不必要的伤害。你过会儿再来。”

年轻女子浅浅一笑，裹着一件宽大的袍子，随侍卫而去。过了一会儿，皇上走下楼，打开锁，杨玉环立刻走进来，说道：

“妾闻陛下圣体违和，特来问安。”

“寡人困顿疲乏，不愿连累爱妃你劳神。你又何苦半夜三更到此！”

“陛下！陛下！臣妾常想，我资质浅薄，照顾陛下多有不周，这才使您身心俱乏……您也承认臣妾无能，因此有意避开我……臣妾来此是要告诉您，只有一种方法才能为您医痛！”

“什么方法？”皇上惊讶地问道。

“既然妃子无能，陛下为何不让其他贤惠之才替您解愁？比如，为何不让云容一试？”

皇上站起来，吃惊地说道：

“哎呀！她不是已经引退深宫了吗？再说，我又如何能因此冒犯你呢？”

“对于陛下来说，东宫西宫有何不同？一个女人或另一个女人又有何异？再说，我难道不知道您又去见过她吗？”

“她未曾有罪，我便离她而去。对于那些只为我活着的人，我又如何能总是避而不见？”

妃子却充耳不闻。她那已经习惯了微弱灯光的双眼，四处寻瘢索绽。她突然说道：

“象牙床下是什么东西？难道不是发带和凤凰金簪吗？您若果真是孤身一人，这些东西又从何而来？”

皇上不慌不忙，俯身看去：

“奇怪！”他轻声说道，“这些东西怎么会在这里？”

精明的妃子喊来侍卫。她把簪子和发带递给他，说道：

“梅妃上楼时忘了这些东西。快给她送去。我在这里照料陛下身体，直到早朝开始。”

皇上转过身去，掩饰住笑容，故作羞恼地说道：

“朕只需要安静。”

杨贵妃走到门边，竖起耳朵听了一阵。接着，她走回来，一脸得意地说道：

“云容已经离宫，陛下可以安心休息了。”

这时，明亮而充满寒意的晨曦已经给窗格镀上了一层灰红色。陛下站起来，召唤一声，高力士立刻出现：

“去听政殿的马车准备好了吗？”

“护卫队已经等在台阶前了。”

“好！来人替我梳洗时，你送贵妃娘娘回宫。”

“遵旨！”

皇上朝爱妃点头一笑。她俯身拜过，随宦官而去。屋外，清晨空气凛冽，她裹着貂皮，依然感触得到寒意。她一声不吭地走着，心事重重，思绪万千。远处偶尔传来几声鸟叫。高力士终于开口说道：

“奴婢有话不敢说。”

“你想说什么？”

“不是奴婢擅敢多口，这世上的男人，官不论大小，谁没有个三妻四妾，为何娘娘偏容不得九重皇上这么做！”

“哎呀！”她激动地回答道，“不是你所想的，食鹿腱者容不得他人同享。只怪他故意瞒着我！”

“万岁爷若是说了，哪还能得安宁！”

“我可不是一阵微风便能吹跑的浮云……他背着我和她幽会，这是他的不对。”

这时，侍女走上前来说道：

“娘娘！切莫抑郁消神。别让泪痕侵蚀了您纯净的脸庞。您一宿未眠，天气又冷，您那贵比千金的玉体，一定早已疲乏。请您在温泉香池中洗浴，让我给您擦上香油。”

美人被领过花园，来到一块岩壁脚下，岩石上的百年老树枝繁叶茂，垂下缕缕绿藤。岩石旁盖有一座宽敞的大理石宫殿，阵阵蒸汽升腾而起。一条热气腾腾的清溪从桥拱下流过，注进远处的湖中。碧蓝的湖水波光粼粼，倒映着一片已经泛黄的绿色。

贵妃走上粉红色台阶，侍女推开门，贵妃走进殿堂。

殿堂中，一座周围饰有低矮叶饰栏杆的水池上飘着一层轻雾。溶解在热水中的香料给四周带来阵阵香气。镂空的窗格缓和了烈日的强光，光线在如镜水面的折射下，把它们舞动着的光点映射在饰有藻井的天花板上。

洁白无瑕的外衣，飘逸的短披风，宽袖长袍，千褶裙，精细透明的束腰外衣，贵妃褪去层层衣裳，玉体展露无遗。她走下清绿色水中的台阶，像一朵清纯的百合，一片白色照亮了整个起伏的池面。她那圆润、柔顺而优雅的手臂，在一片透明中戏水，她的香肩在温水的摩挲下，映射出千变万化的乳光，令人心旌荡漾。

在她身后，门不声不响地打开了，皇上走进来。他停下来，凝视着这精美的奇景，脑海中浮现出千种诗意画面。

他低声念道：

身姿曼妙，惊艳如曙光初放；冰肌似雪，玉臂凝春水点点；水中仙子，一瞥燃爱火；汝永藏于朕心，无尽柔情

涌其中！……[1]

杨玉环回过头，轻声惊叫。她发现了自己的爱人，突然，一阵微笑映亮了她的脸庞，宛若万里无云的晨空。

① 原文显示，该诗摘自《唐诗》第1卷第13页，但由于原作者未标明此《唐诗》出版信息，故无处查证。而在译者所查过的《全唐诗》明皇帝章目下，又无对应诗篇，故自行采用意译。——译者注

第十六章

牵牛出河西，织女处其东。

万古永相望，七夕谁见同。

神光意难候，此事终蒙胧。

……

小大有佳期，戒之在至公。

方圆苟龃龉，丈夫多英雄。

杜甫:《牵牛织女》[①]

秋月初上的第七天，织女暂撤机丝，收起玉梭，离开红云缭绕的织机，朝闪亮的银河望去：她和牛郎鹊桥相会的时

---

① 原诗全文为:“牵牛出河西，织女处其东。万古永相望，七夕谁见同。神光意难候，此事终蒙胧。飒然精灵合，何必秋遂通。亭亭新妆立，龙驾具曾空。世人亦为尔，祈请走儿童。称家随丰俭，白屋达公宫。膳夫翊堂殿，鸣玉凄房栊。曝衣遍天下，曳月扬微风。蛛丝小人态，曲缀瓜果中。初筵裛重露，日出甘所终。嗟汝未嫁女，秉心郁忡忡。防身动如律，竭力机杼中。虽无姑舅事，敢昧织作功。明明君臣契，咫尺或未容。义无弃礼法，恩始夫妇恭。小大有佳期，戒之在至公。方圆苟龃龉，丈夫多英雄。”此处作者做了删节。——译者注

刻就要来了。她无需动作，自动前行，因为没有任何琐事会拦住她的去路。走上闪着蓝光的鹊桥，她把目光转向下界，发现皇宫中有香烟一簇，摇飏腾空。只见杨玉环俯身叩拜，焚香祈祷。这时，皇上走近她身旁，她也没有察觉。

祭桌设在花园内，为了不夺星光之辉，贵妃特意让人熄灭了金属烛台上的蜡烛。香炉内的蓝烟袅袅升起，祭坛上高大珍贵的花瓶中，盛开朵朵白花。

仙女停下脚步，聆听祈祷：

“……奴家杨玉环，虔爇心香。望香烟升至仙处，带去我痛苦心灵中真挚而热切的请求，请求双星救我于苦恼中！但愿它能让陛下对我和我对陛下无尽的爱变成永恒。但愿它能让我们永远远离冷漠和遗忘的寒风！”

她跪在玉阶上，以头叩地，嘴里念叨着热切的请求。

皇上走近她，俯下身，扶她起来，温柔地问道：

“妃子在此做何？”

她转过身，颇为惊讶。她微笑着，嗫嚅道：

“今日是七夕，妾陈设贡品，向天孙乞巧。”

“唉！”皇上感叹道。“这对苦恋之人真是令人生怜！一年才会得一度。即便如此，他们还要聆听人间的百万祷告！不一会儿又到鸡鸣时分，云寒露冷，他们便要依依作别，一别又是一年，只能在茫茫太空中隔着银河遥相对望。”

“他们究竟有何罪过，被罚一年只得见一次？”妃子激动地问道，“试想！如果我们也得那样，那该如何是好！”

她的泪水夺眶而出。皇上心绪大乱，将她揽入怀中，百般疼爱。她却抬起头，接着说道：

“他们虽则一年一见，却仍比我们幸福……”

“此话怎讲？”

“他们难道不是天长地久吗？”

“是啊！”他回答道，“我等寿极不过百年，一寸光阴一寸金。我们祈求仙偶保佑我俩……”

“妾蒙陛下宠眷，六宫无比。可一想到妾花容不再，满头花白，陛下日久恩疏之日，我便寸心如割。”

“你为何不想着朕对你的爱会天长地久？”

“最美的花儿也有凋零之日，春光必将不再，夏秋冬依次更迭……即使臣妾确信您对我的爱矢志不渝，我们不还是要生死两隔，在阴间亦永世不得相见吗？”

皇上用袖子温柔地擦拭妃子的泪珠：

“我的妻啊！别让情感这样折磨你！”

“唉！我心上的伤口不停地滴血……我在想，几年歌舞升平之后，您的恩宠便会离我而去。我孤零零地待在冷落的门庭前，灵魂化作热泪，我那萎靡的灵魂，被生活太过缓慢地一点点遗弃……”

“爱妃惜泪！朕与你的恩情，岂是等闲可比？为了安抚你心中的恐惧，朕愿与你永结盟誓，愿我们如月和光，身和影，永世不分离。”

“既蒙陛下如此情浓，我们何不趁此双星会合之佳期，乞赐盟约，以坚终始？”

“我们这就去并跪焚香，庄重设誓。”

在天神注目下，二人双膝着地，一手十指紧扣，另一只手同时各举一炷香，香烟袅袅升向星空。他们同时说道：

“双星在上！我俩情重恩深，愿如二位仙偶，生生世世，共为夫妇。有渝此盟，双星鉴之！在天愿为比翼鸟，在地愿为连理枝。天长地久有时尽，此誓绵绵无绝期！”

当誓言最后的回音消散在夜空时，妃子紧搂住皇上，激动不已地对他说：

“今夕之盟，妾死生守之！妾对陛下的感激之情，深似汪洋……”

皇上把她搂在双臂中，重复道：

“还请双星见证并守卫我俩之爱！……”

就在他们说话时，明亮辉煌的天穹之上，织女和牛郎手牵着手，驻足聆听他们的声音。牛郎叫道：

“天女！听听他们的誓言！我们去求你父皇，求他永结他们的命运，让他们的爱成为世人的楷模吧。我们要保佑他们，让他们永不分离！”

“唉，”织女感叹道，“可怜他们为肉体凡胎，免不得生离死别。我们是否能在他们百年之后，替他们永结连理？”

“我们去苦求玉帝，直至他不忍拒绝。”

他们说话时并无声音。然而他们的想法却已被这对情侣的心灵听见。一种由信任和希望造就的无名的幸福，令他们陶醉，像一对翅翼，载着他们飞翔……

第十七章

有时忽惆怅，匡坐至夜分。平明空啸咤，思欲解世纷。

心随长风去，吹散万里云。羞作济南生，九十诵古文。

不然拂剑起，沙漠收奇勋。老死阡陌间，何因扬清芬。

夫子今管乐，英才冠三军。终与同出处，岂将沮溺群。

李白:《赠何七判官昌浩》

宫中的恩幸总是飘摇不定，谁也不敢说昨日得宠之人今日会不会被遗忘或驱逐。

皇上和贵妃对李白宠信有加，这却让诗人招来群臣的嫉妒和怨恨。这个饮酒成癖的诗人新近若是有什么放肆之举，任何一个太子或大臣都不会放过嘲笑他的机会，这些无休无止的狂放行为确实也给别人提供了千万个批评的靶子。然而，连绵不断的攻击非但没有让这个不拘小节之人招损，反而使得他几乎成为一个传奇人物，每有宴会，必请他到场。正因为那些有可能损害到他的行为，使得他的宠幸长盛不衰。

然而，诗人在初见圣上时公然羞辱杨国忠和高力士之事，二人却铭记在心。对于这个太过幸运的敌人，他们窥伺着有机会一挫他的锐气。

一日，机会出现在高力士面前，他丝毫不准备放过。那时他正站在杨玉环身旁，等陛下到来。贵妃口中轻唱着《清平调词》：

“云想衣裳花想容……”

她唱到第二段末尾：

“可怜飞燕倚新妆……”

高力士打断她的唱词，恭敬地说道：

“奴婢斗胆问一句，娘娘读这等用心险恶之诗，如何能不芳心大怒？”

她看着他，一脸惊讶地问道：

“你怎么会在这如此难得的赞辞中看出险恶用心？这样的溢美之词，又怎会伤及我的尊严？”

高力士一本正经地坚持道：

“娘娘没注意到李白称您为再生飞燕吗？”

“是，没错。可是那八百年前嫁给汉成帝的赵飞燕，风华绝代，历来被人们引作四海之内的绝世美女。我不认为受到了什么冒犯。”

“诚然，她如花枝一束，在春风的爱抚下展芳吐华。她步态轻盈，如弱柳扶风，能歌善舞，令男人如痴如醉。然而史书上说，她竟斗胆侧目于一年轻臣子，向其示好。以至于一日，陛下突然中途踅回，那罪人只能躲在卧室帷幔后。浮尘让他咳嗽起来，他被陛下发现，被处以死罪，飞燕也因此被罢黜了贵妃的名号。”

“是吗？”她问道，“我似乎不知道有个臣子在我卧室帷幔后被发现并被处死。”

“当然没有！”诽谤者连忙说，“可是宫中不乏嫉妒之人，看到娘娘您善待安禄山，就千方百计说些有损名誉的话。他们抓住诗中暗藏的含义，故作欣赏，四处传诵。”

杨玉环没有回答。可是从那日起，她再也不唱《清平调词》，并加入到诗人的攻击者行列中来。有一天，她甚至指责李白无视礼数，权责不分，几近有造反之嫌。贵妃不喜欢李白，皇上虽然欣赏他的才气，却不敢再邀请他赴宴，在这一点上，皇上和他手下臣子并无二致。

李白发现自己失宠，立刻向陛下请愿，要求恩准他离开京城，引退回故乡的村庄，远离宫廷。

皇上迟迟拒绝答应这一要求。终于有一天，他颁布一道诏书，在李白隐居故乡前接见他一面。他想当众为被谪贬的李白挽回颜面，于是授予他金书板一枚，上面刻有谕旨，命令各处官员，不论大小，一律要向诗人提供必需品，以最恭敬的态度善待诗人，违者将会被视为叛逆者，立刻被贬职判刑。

自从贺知章走后，“八酒仙”只剩下七位，他们备席设宴，从一家酒馆吃到另一家酒馆，一直将李白送出京城八十多里外。他们用了一个多月走完这段路程。然而送君千里，终有一别。诗人骑上安静的小毛驴，渐渐远去，身后只有一随从相伴。从此，人们在宫廷中再没有见到过他。

第十八章

一片花飞减却春，风飘万点正愁人。
且看欲尽花经眼，莫厌伤多酒入唇。
江上小堂巢翡翠，苑边高冢卧麒麟。
细推物理须行乐，何用浮荣绊此身？
朝回日日典春衣，每日江头尽醉归。
酒债寻常行处有，人生七十古来稀。
穿花蛱蝶深深见，点水蜻蜓款款飞。
传语风光共流转，暂时相赏莫相违。

杜甫：《曲江二首》

贵妃生日那天，艳阳高照。接连几个星期来，举国上下的各条通道上，骑士们轮流接替，往京城里运送奇珍异宝或珍馐美馔。匆忙中，他们轧伤行人，穿越田野时，他们摧毁作物，一路引起怨声一片。

尽管是喜庆之日，早朝时，右相还是带来一些令人不安的消息：一年的干旱让中央数省民不聊生，食不果腹的民众怨声载道。另据密报，新近封给安禄山的领地内，驻扎的军队似有反相。安禄山逐步排挤汉族将领，代之以边境各族的番将，如回纥、东胡和其他民族的人。他们的武器装备已经更新，人数明显增加。

杨国忠说完，陛下一摆手，一副不悦的神情：

“众卿家，你们总是会心生妒意！我一朝奖赏了某人，马上就会听见你们揭露他的百千种罪行！再者，朕今天不想处理任何不祥之事。今天是喜日，一切皆宜欢喜。”

早朝结束后，所有大臣都朝那座突出在湖面上的威严而高雅的建筑走去，宴席已经摆好，等候他们大驾。

这座宫殿高两层，外形像是行驶在南方宽阔大河上的巨大平底帆船。不过这只船是用白色和粉色大理石制成的。殿内三面是镂空的墙壁。叶饰的间隙用彩色玻璃密封，室内透进束束奇光，与莲花盛开、明亮平静的湖景形成绝难一见的鲜明对比。

远处，一条体型硕大的鱼正在摇头摆尾，它嘴里衔着两条大理石绳索，像是拉着整个建筑。它那晶莹雪白的鳞片可以移动，一阵微风吹过，便会随风摇摆。而它的尾巴则跟着水流而动，像是推动着粼粼闪光的波浪。

这只不动的帆船装着象牙桅杆和丝质风帆，一座之字形桥梁将它与地面相连，桥栏杆色彩斑斓。

满朝文武站在码头边，吃惊地发现皇上的马车已经走近，却没有一个宫女准备上前迎接。

皇上和贵妃从轻盈的轿子上走下来。他们也发现周围没有一个宫女，便询问原因。

这时，河岸边的灌木丛后面传来阵阵欢声笑语。几乎与此同时，一条小径的拐弯处出现一群人，他们的怪异行为令所有人目瞪口呆。很快，欢乐代替了惊讶，皇上和群臣们突然笑得前俯后仰，宫墙内回荡着从未有过的欢笑声。

安禄山化装成婴儿，躺在一辆粉、蓝、金三色相间的小婴儿车上。一顶缀着红色长辫的金边小帽紧盖住他那张剃得铁青的大脸。人们就像给婴儿穿衣一样给他穿上一件束腰短外衣和一条肥大的紧脚裤。吱吱呀呀的小车一路颠簸，他那一身绕膝的赘肉一会儿漫到左边，一会儿漫到右边。

三妃和四妃化装成保姆，吃力地推着沉重的小车，身后跟着所有宫廷仕女，她们嬉笑着，推推搡搡，争着看安禄山的鬼脸。安禄山手里拿着来自西海岸边的大彩色玻璃瓶，细瓶颈里插着一根象牙吸管。他一直把瓶子叼在嘴边，作吮吸状，丑态百出。一位仕女怕安禄山喝得时间太长会噎着，伸出手去阻拦，她的长袖和五彩披肩迎风飘荡，安禄山则趁势发出阵阵哽咽的叫喊。

安禄山发现贵妃，立刻停止吮吸，痉挛似的抽动双脚和双臂，尖声叫道：

“妈妈！妈妈！”

笑声愈加响亮。皇上完全没了架子，笑得眼泪都流了出来。

杨玉环也就将计就计，走到装着轮子的摇篮旁，用母亲对孩子说话的口吻说道：

“妈妈来了！别叫，我的小乖乖！”

安禄山甚至用双臂抱住她，想要用她的碎花上衣擦脸，她费了半天劲才把他推开，皇上和群臣都被这个玩笑逗得不亦乐乎。

在其他妃子的帮助下，她把小车推到桥上，吓唬安禄山，说如果不听话，就把他推到水中去。

来到宴席前，这个假婴儿闹着不肯离开小车。妃子们一口口喂他吃饭，其他人则把酒装在他的玻璃瓶中。

安禄山一直装作婴儿，他借着酒兴，耍着新生儿的性子，闹出千万种笑话。这就是人们所谓的“欢声笑语度佳节”。诗人们趁着那一日喜气，不动声色地做各种极为大胆的文字游戏，皇上看了，也是一笑了之。

宴后，欢乐之火似乎稍稍平息。这时走来一宦官，带来一个奇怪的装置，一只涂彩镀金的布盒子上架着一座小宫殿。

陛下很吃惊，问这是什么。这时，宫殿被放在大殿最里面，阳光四射之下，宫殿的侧门被打开，出现一只老人状木偶，只见他一本正经地叩拜道：

“万岁！万万岁！”

皇上从未出过京城，不了解这些民间的玩意。他津津有味地看着演出，一波三折的情节时而妙趣横生，时而哀婉动人。当宫殿的大门合上时，他鼓起掌，激动地叫道：

“好！好！好极了！”

他要求凑近看这些木偶。他好奇地审视着它们，接着，他耍起那只老人木偶，抑扬顿挫地念道：

刻木牵丝作老翁，
鸡皮鹤发与真同。
须臾弄罢寂无事，
还似人生一梦中。

明皇帝：《傀儡吟》

第十九章

清秋幕府井梧寒，独宿江城蜡炬残。永夜角声悲自语，中天月色好谁看。

风尘荏苒音书绝，关塞萧条行路难。已忍伶俜十年事，强移栖息一枝安。

杜甫:《宿府》

人们对安禄山罪行的揭发愈加明确而详尽。杨国忠犹豫了许久，终于决定向陛下披陈所有事实。况且安禄山得到的圣宠无以复加，已经让群臣忍无可忍。右相为了指控安禄山，甚至把希望寄托在自己的敌人身上。

开朝时，他走上前，跪在地上，颇有分寸地陈述了相关情况。可由于心中实在愤恨不已，他终于不顾被谴责者在场，狠狠地抨击道：

“安禄山表面上像是个笑料，实则狼子野心。他已被证实要与他的副官史思明[①]共谋反计，初步计划已经实施。我等恳请陛下在这颗恶种发芽前将其除去。”

他正说着，安禄山连忙从太子队列中走出来，跪下喊道：

“陛下隆恩，让小人薄功厚禄。小人资质愚钝，不知如何协调与众卿家的关系，以致招来忌恨，他们这么做，正是想让小人尽失恩宠。”

他抽噎着，继续说道：

“小人不过是一介番民，一个可怜的孤儿……小人卑微尽忠，唯有皇上您能保护我不受他们攻击。小人愿尽犬马之劳图报陛下！”

“我忌恨你？”杨国忠倨傲地问道，“你忘了我们初次见面时的场景。天降甘霖，普救众生，我当初真不该放你一马，要不然你早就成了一具无头尸，大唐天下也就得救了。”

“这一切皆是陛下，父皇仁心善意……”

陛下看他们争吵不休，忧心忡忡。这个番人胖子是否真是叛徒？他最终说道：

“朕的大臣和太子们互以重罪相告，可罪行终究尚未实施。对于将来的举动，不论是打击或奖赏，均有失公允。不过，为了平息争论，朕命安禄山为北方诸省节度使，立即上任，不得延误。”

---

① 原文为 Che Leï-fou，经多方考证未果，故按历史史实译为史思明。——译者注

这个游牧民一脸得意，朝杨国忠看了几眼，眼中放光。他高呼道：

“万岁！万万岁！”

右相冷冷地说道：

“北方诸省节度使是我军主要兵力的统帅，对番兵具有指挥权，能够向沙漠各部落打开长城。只要他愿意，明天就能率兵占领京城和皇宫。安禄山，恭喜您成为我国之栋梁！”

这时番将却唉声叹气地说：

“话虽如此，可是我却无缘再睹天颜！一朝被放逐边地，我便被从这安乐园中赶了出去！今后我该怎么活？”

第二十章

金陵夜寂凉风发，独上高楼望吴越。白云映水摇空城，白露垂珠滴秋月。

月下沉吟久不归，古来相接眼中稀。解道澄江净如练，令人长忆谢玄晖。

李白:《金陵城西楼月下吟》

那晚，御宴设在园中高高的平台上。天淡云闲，月色尚未掩盖住星光，数行野雁划过长空，留下声声沙哑凄凉的哀鸣。夏末的秋气和园中的寂静为无声的夜平添几分忧愁。

皇上和贵妃手牵着手，沉默不语，生怕惊扰了这忧伤而迷人的夜。

突然，阵阵战鼓和号角声打破夜的寂静，皇上战栗道：

“此时军中均已安歇，哪来的招喊声？”

一阵急促的脚步声越来越近。杨国忠赶来，迅速跪下说道：

“万岁！大事不好了！东路锣鼓惊天，安禄山起兵造反，杀过潼关，大约两日后就到长安了。”

陛下平静地问道：

“守关将士何在？”

“他们临阵脱逃了！”

“你有何策，可击退贼兵？”

“我们不能反抗，我军数量和士气上都次人一等。唯有权时幸蜀，蜀地刺史还算可靠。到了那里，我们再与当地军力共同组军反攻。”

“就依你所奏。快去整备军马。立刻给所有将领发送特函，让他们纠集军队。”

“臣遵旨！”

他站起身，随即远去。

贵妃大惊失色，跪在地上哽咽道：

“奴婢罪该万死！是奴婢造成了这次叛乱！是我助纣为虐，让这个胖脸番人阴谋得逞；是臣妾牵制了陛下，让您远离国事；是臣妾用甜言蜜语和轻歌曼舞让您终日劳神。臣妾该死！”

他把她扶起来，宽容而忧伤地说道：

“乐极生悲，人生就是如此。命运利用你来迷惑我，我们都是上天的玩偶。上天之意深不可测，当我们受他打击时，听天由命；当我们受他眷顾时，尽享恩泽。我们的成败看似由自己决定，其实他才是唯一的决定因素。”

这时，夜色中的鼓声越来越响，烽火台上的火光忽明忽暗，传递着命令信号。城中和宫殿里的嘈杂声升向夜空。灯笼四处乱窜，马车的吱嘎声和卫队的口令声从四面八方传来。

皇上拉着贵妃来到宫殿中，说道：

“去休息吧，一夜沉睡之后才能经得住明天的道路驱驰。可惜我不能像雄鹰一样把你护在怀中，不让颠簸之苦累坏你的花容！”

第二十一章

大雅久不作，吾衰竟谁陈。王风委蔓草，战国多荆榛。

龙虎相啖食，兵戈逮狂秦。正声何微茫，哀怨起骚人。

扬马激颓波，开流荡无垠。废兴虽万变，宪章亦已沦。

自从建安来，绮丽不足珍。圣代复元古，垂衣贵清真。

群才属休明，乘运共跃鳞。文质相炳焕，众星罗秋旻。

我志在删述，垂辉映千春。希圣如有立，绝笔于获麟。

李白:《古风》其一

天亮时，皇家一行人马已经准备就绪。最贵重的物品，金条银条、珠宝首饰都被装在盒子里，放在二轮运货马车上，四周有嫡系太子和他们的亲信护卫。妃子们的轿子停在她们的宫门前，旁边站着一群轮流接替的轿夫。

皇上和杨玉环坐上马车，长长的队伍开动起来，也许是最后一次驶过九重禁地庄严的大门。一夜惊恐和劳作之后，每个人都黯然无语。

队伍后面是长长的卫队，队长绝大多数都是统治边境地区各部落的可汗、皇帝或首领之子。他们每个人有自己的骑兵和属臣，组成骑兵队，像往常一样，炫耀着他们地区光彩艳丽的服饰。他们之中有穿着金边长袍、戴高皮帽的吐火罗人；有从高加索山脉迁居过来、红发碧眼的黠戛斯①，还有回纥人，他们穿着短皮袄，骑着在无边的蒙古草原上长大的小马，马匹配着狭窄的马鞍，长着粗犷的马鬃。吐蕃人穿着红皮靴，扁平脸，他们骑的马更小一些。而东京交趾国人骑的小马，则是这个世界上最精巧的马匹。

所有这些骑士们面对灾难，都无动于衷。他们中许多人甚至看到这是个抢劫的好机会，不胜欢喜。

队伍沿着城墙脚下的道路行走。虽然时候尚早，城墙的雉堞间却挤满了市民，他们看到那些本应保护他们的人仓皇而逃，气愤不已。一片抱怨声响起，愈演愈烈，以致激怒了

① 唐代西北民族名。地处回纥西北三千里，约当今叶尼塞河上游。——译者注

一群鲜卑族游牧兵，朝着人群发射一排乱箭，射死射伤数人，驱散了聚集的人群。

路两旁的冷杉在一片田野和古建筑中延续，穿过著名的曲江花园，一直延伸到横跨渭河的大木桥边。杨国忠下令，队伍一旦过河，立刻烧毁桥面，希望以此来阻挡敌军骑兵的行程。皇上看到巨大的桥柱四周堆积着木柴，燃烧起熊熊烈火，下令熄灭火焰。他对杨国忠说道：

“是我们逃跑在先，难道我们能因此给那些也想逃走的居民造成损失吗？留着这座桥。最后他们想把它毁掉时再毁掉吧。”

当整个宫廷的人马进入只有一条护城河的咸阳古城时，日头已经爬上了最高点。一千年前由秦始皇建造的那些宏伟的古建筑，自唐朝以来得到修缮。宫廷中一行人在观贤殿门前停下来。从长安一路走来，这是他们碰到的第一座依水而建的宫殿。可是宫中未设任何宴席，卫队的士兵们四散入城，抢掠民宅。

混乱中，皇上黯然神伤地走出宫去，无人知晓。在离宫门不远的地方，他看见一位年迈的农夫，穿着永恒不变的蓝色布衣。老人手里端着一大碗饭，深深鞠了一躬，说道：

“大人，请原谅小人搅扰您思考。野民刚刚得知陛下进驻此宫。为表忠心，特来进献……小人穷困潦倒，只有豆麦粥一碗……诚为粗粝之食。”

“忠心者之礼再微薄，也比奸人的厚礼更能博得皇上欢心。”

他从老人手中接过黑色粗陶碗，问道：

“我应当向谁表示谢意？你叫什么名字？”

“我是城外石砾村人，每日躬耕父辈留下的田地。忽然听得此噩讯，不知宫廷是否真的在叛乱中出逃？”

“唉，确实如此。”

“我等早已料到会遭此劫。但我希望在受此煎熬之前离开人世……”

“怎么，你们早已料到会有此事，而宫廷中竟然无人知晓？”

“大人若赦小人无罪，小人当冒死直言。”

“但说无妨，皇上知道了会对你心存感激。”

“既然大人坚持，我就说了。在我看来，自从那杨国忠……他是不是您的朋友？”

“我在宫廷里没有朋友。”陛下伤心地答道。

“一切都是那杨国忠惹的祸。他倚恃国亲，纳贿招权，任用无能之辈，毒流天壤。各处官员也都与他臭味相投，以他为榜样，认为只要学着那些已经得逞之人，便能确保仕途无忧。杨国忠为了取悦皇上，才留了安禄山这条狗命……”

“可谁能料到安禄山会策反？”

“此乃番人。何时有过让外人治理自家的道理？”

“是啊。”皇上满腹心事地答道。

“其实早在很久以前，朝中上下便已识破他的诡计。只是每次向皇上参奏，皇上却总是错给他更高的头衔。”

“原来皇上失策才是祸根。唉，老人家，我当初真应该学文王从谏于姜太公，早来此询问你的远见卓识。可是太迟了，我只能离你而去了。”

“还请别忘了转献此物于陛下。”

“放心，我会送到的，我替他谢谢你。”

老人俯身一拜，皇上回了礼，端着那碗粥，心事重重地回到宫殿。

当他走进正殿时，发现妃子和她们最小的孩子们正围在空荡荡的桌边哭泣。一个孩子叫道：

“我饿！”

“他们什么吃的都没给你们吗？”陛下吃惊地问道。

“没有。一粒米都没有准备。士兵们把他们找到的东西全都吃了。”

“这里有一碗豆麦粥，是一位忠心的子民献给我的。他不知道这礼物有多么大的价值！……可是我们没有勺子。”

他还没说完，孩子们就已经凑上来，用手指蘸着厚厚的粥吃。一开始，粥的味道让他们面露难色，可他们实在是饥饿难耐，不一会儿就吃了个碗底朝天。

再次启程的命令发出以后，军官们纠集人马，却发现许多人已经潜逃。妃子们想乘轿子也找不到轿夫，只得骑马代步。

深夜时，一行人来到小城金城。当地居民听说宫廷中人要来，生怕遭到抢劫和虐待，夹着家当连夜逃生。城中甚至连一支火把，一张铺垫都不剩。据史书记载，大家不分年龄，不分尊卑，不分男女，都只能睡在稻草上。

清晨，一行人准备出发，皇太子拦住皇上说道：

“父皇！您就任由国家落入叛贼之手吗？您不准备亲自率领军队保护子民吗？”

皇上疲惫地微笑道：

“年轻人总是好意气用事啊！我们除了去尚未叛变的省份寻找援军，哪还有什么军队可用？……随便你，如果你愿意，就起兵反抗。到西北去。边境的胡人有军队。李白的朋友郭子仪是那里的统领。如果你成功了，国家就是你的。不过要小心！也许你永远也摆脱不了那些救你的人！”

大臣们默不作声，跟随皇上远去。一群军队首领则围着皇太子叫道：

“按你父皇说的去做。不要去蜀地，做我们军队的首领，带领我们去平息叛乱。否则国家无主啊！”

太子的长子，建宁王李倓[①]和宦官李辅国抓住他的袖子

---

① 这里疑为作者在历史史实方面的错误。据史料记载，当时力劝肃宗起兵的是建宁王李倓和广平王李豫（俶）。但李豫才是肃宗的长子，李倓是肃宗的三儿子。——译者注

说道：

“叛逆番贼一朝进了京城，四海之内就全垮了。您若不起兵反抗，日后如何荣登御座？为何不遵陛下之令，向西北军队求援？有了他们，您便能粉碎叛军，安定天下，重建社稷。您不是虔心孝子吗？……别让女子般的畏缩搅扰了您的决定！”

太子的二儿子李倓也应和兄长，向太子发出请求。最后，太子终于派他去通知陛下起兵之事。陛下轻轻一挥手，说道：

“上天有话。前途就在他手中。告诉你父亲，如果他觉得有必要，我会下一道谕旨，把皇位传授给他。”

他命令手下两千“飞龙”军跟随太子征战，全力为他效劳。

皇太子带着这一小撮部队，朝北方飞驰而去，前往泾河发源地平凉，那里由郭子仪的部队驻守。

宫中一行人越来越少，继续朝西南方前进，于晚上到达马嵬驿。

第二十二章

钟鼓严更曙，山河野望通。鸣銮下蒲坂，飞旆入秦中。

地险关逾壮，天平镇尚雄。春来津树合，月落戍楼空。

马色分朝景，鸡声逐晓风。所希常道泰，非复候繻同。

明皇帝：《早度蒲津关》

叛军平地起反，发现各关卡皆兵力稀疏。奔腾呼啸的黄河两岸由高墙厚壁铸成的蒲关隘道本可以长时间拦堵住叛军。可事发太过突然，卫队甚至未做反抗。安禄山带着他的百万精兵，穿过高耸的黄河河谷，沿着渭河逆流而上。

宫廷中人出逃之后，京城中一片恐慌。所有有马有车的人，都满载着最贵重的家当仓皇出逃。然而道路拥堵，逃亡的人们一连数个时辰都寸步难移，他们叫喊着，呻吟着，不时朝后望去，看是否有人追上来。敌人还不是唯一的危险：溃退的士兵也从城中逃出来，他们经不住诱惑，不时地会去抢劫那些最富有的车马。

那些不得不留下的居民更是叫苦不迭，只能把他们的宝贝埋藏起来。

城中太守见所有军队都已随宫廷而去，在讯问属下意见之后，他决定不做任何抵抗。

当安禄山带着一帮人马来到长安城墙下时，城门立刻大开，所有高官都穿着朝服进见，低声下气地向他致意。

安禄山粗声问皇帝在哪，并下令立刻占领皇宫。然而当官员们请求他们放长安城居民一条生路时，军队统领孙孝哲无情地冷笑道：

“你们以为我们行军作战是孩子玩球吗？有谁愚蠢或疯狂透顶，光拿自己的生命开玩笑，不想着夺取战利品？这座城是我们的了。我们的士兵大可为所欲为。”

整支军队高声欢呼起来。想到能够肆无忌惮地烧杀抢掠，他们兴奋不已，把官员和俘虏们推攘到一边，夺门而出。

安禄山朝宫廷走去，他对这里了若指掌。他让侍卫守住门，邀请所有达官显贵和军队首领到御殿内赴宴。

大家都怕受酷刑或被处死，连忙应召而来。安禄山坐在金玉龙椅上，接受宾客们三叩九拜。当所有人都到齐时，他站起来，自封为燕朝皇帝，每个人都扯破喉咙喊道：

“万岁！万万岁！”

仪式之后，宴席在一片沉默中开始。明皇帝的乐师们被叫来助兴。他们的总领和其中许多人都已逃走。剩下的人不敢拒绝，坐在宾客身后。

大殿内宽敞的帷幔被拉起，花园里吹来阵阵清气。而此时的城内却陷入一片火海，夜空中泛起阵阵红光，不时传来抢劫者粗野的叫喊和妇女们绝望的哀号。

大家都不说话。番将们震惊于气派辉煌的建筑，简直不敢相信他们的胜利是真的。

这时突然传来一阵掩饰不住的哽咽声，安禄山回过头，厉声问道：

“谁竟敢擅自在这大喜之日啼哭？”

无人应答。他怒气冲天地嚷道：

“如果不把他揭发出来，所有人都得掉脑袋！”

这时，一个乐师拿着琵琶走上前来。安禄山冷笑道：

“原来是你这只毛虫在此唉声叹气！你该当何罪？”

乐师自知性命难保。他对这个番人早已有所了解，胸中的怒火压倒了恐惧：

“唉！”他鄙夷地叫道，“你本是失机边将，罪应斩首。幸蒙圣恩不杀，封你为王。你不思报效朝廷，反敢称兵作乱，秽污京殿。你该当何罪？”

“混账！”胖子安禄山大发雷霆，唾沫星四溅，“怎么？

孤家入登大位，臣下无不顺从，你一个乐工，怎敢如此无礼！快把他拿去砍了！”

兵士们冲向这个大胆之人，此人继续骂道：

“你这个人面兽心的东西！”他叫道，“一看到你我就怒发冲冠。我是要死了，可我到了地府也要把你招去！我只不过是个没钱没势的伶工，可我决不会像这帮朝臣一般腼腆，与你这可耻之人同流合污！啊！安禄山！你上逆皇天，总有一天会尸横血溅！”

士兵们尚未来得及阻拦，他就把琵琶朝篡位者脸上扔去：

“你们还等什么？把这个奴隶拉出去碎尸万段！”安禄山又怒又怕，声嘶力竭地叫道。

刽子手们把可怜的乐工拴在一根朱红色梁柱上，用锋利的尖刀一块一块挖下他的肉，扔给一旁的饿狗。

受刑者的惨叫声终于平息了，一片恐怖而耻辱的沉默笼罩在宽敞的大殿上空。

第二十三章

玄风变太古，道丧无时还。扰扰季叶人，鸡鸣趋四关。
但识金马门，谁知蓬莱山。白首死罗绮，笑歌无时闲。
绿酒哂丹液，青娥凋素颜。大儒挥金椎，琢之诗礼间。
苍苍三株树，冥目焉能攀。

李白:《古风》三十

皇家一行人来到马嵬驿，又饥又饿，只得停下来。整个村上只有五六间房，一所邮站，一间小庙，什么吃的都没有。卫队士兵甚至无处遮蔽风雨，宫廷中人占据了所有屋子。

士兵们四处搜寻，却只找到几升米。他们的疲乏和饥饿迅速化为怒火。

皇上躲在小庙的一间侧室里。房间里只有四面空墙，没有床，也没有椅子。他倚着一根木棍，久久地站着，听他家人的呻吟和屋外愈来愈响的嘈杂声。杨玉环抓着他的袖子，疲惫和忧虑让她筋疲力尽。

一个妃子跑过来，抱怨说孩子们饿了。他只能回答道：

“我们一日无食、一夜无眠算不了什么。想想正陷入烧杀抢掠之中的国家吧！”

说话间，吵闹声越来越响，越来越近。愤怒的叫喊声直入墙内。突然，敞开的窗格上冒出一个血淋淋的人头，穿在矛尖上。透过混乱的叫喊，人们依稀能听到这样的声音：

“杨家人必死！他们是万恶之源！”

高力士慌张地走进来，身后跟着表情冷漠的卫队统领陈元礼。

“外面为何喧嚷？”陛下问道。

“启禀万岁，众军皆要造反。”统领冷冷地答道。

高力士焦躁不安地解释说：

“他们发现杨国忠在路上与吐蕃骑兵私通，以为他要借此镇压其他叛军。他们冲上前去把他给杀了。这矛尖上刺着的，正是他的人头。”

韩国夫人和秦国夫人走进屋，她们什么都听见了。悲怒之下，她们惨叫一声，冲出门外，想从叛乱者手中抢下她们兄长的遗体。屋内一片寂静，只听见围墙内嘈杂声愈加响亮，接着又传来女人的尖叫声。不一会儿，两个长发人头也被穿在长矛上。

杨玉环倚着皇上的手臂，抽泣得几欲气绝。

“他们怎敢如此对待我们？”皇上怒斥道，“他们究竟想干什么？你的士兵们造反，你竟然还能活着站在这里？”

卫队统领简短地回答道：

“我是孤身一人，难抗千人之意。与其要我使出微力弹压他们，倒不如让他们将我先杀后快！”

“究竟怎么了？他们想干什么？”

统领做一手势暗指贵妃，说道：

“他们说一切不幸都自杨家起，由于杨国忠贪得无厌，让安禄山在宫中得宠。他们怕遭到那些活着的掌权之人报复，所以……”

一片嘈杂声淹没了他的声音。皇上浑身猛地一颤，紧抓住贵妃的手，说道：

“杨国忠纵使有罪当加，人也已死，妃子何罪之有？”

统领俯身拜道：

“圣论极明，只是军心已变，如之奈何！”

屋外，叫嚷声一浪高过一浪。只听他们喊道：

“不交出贵妃，所有人格杀勿论！”

一片混乱中，杨国忠的妻子和他年纪最小的妹妹虢国夫人害怕自己也受到威胁，只想着如何逃之夭夭。她们从一扇窗户溜出去，穿过干枯的田野，向屋后跑去。据说后来她们连夜赶到小城陈仓，县令薛景仙已经得知杨家人的下场，派人捂死了这两个逃亡者。

这边，杨玉环跪在透风的屋子里，周围是狂暴士兵们的一片怒吼，她强忍着泪水说道：

“陛下！臣妾兄长姊妹惨遭杀戮，痛不欲生……既然这些贼子还想要我死，是我命该如此，请陛下别护着我！救驾要紧。只望赐臣妾自尽，这些屠夫实在令人生畏。”

陛下震惊不已，将她搂在怀中，说道：

“我的妻！我们的爱难道就要被这样的狂风暴雨毁于一旦？看到你这般泪水涟涟，叫我如何顾及国家社稷？”

造反者们开始用武器抵墙。高力士哀叹道：

“万岁！这帮匪贼不一会儿就会冲进来的。请不要再延迟了！请为大唐着想！请为子民着想！您难道要把他们拱手送给安禄山吗？”

陛下抚摸着爱妻的长发，心如刀绞地说道：

“我真是左右为难，悲痛不已。若是我拒不杀你，我们就都得死，子民们就会任由胡人宰割，无助无援。若是我抛弃你，那也只有以死偿谢你的正直、忠诚和爱意！……”

她一边抽泣，一边不停地说道：

“臣妾受皇上深恩，杀身难报……还请陛下保重龙体，以救子民……妾虽死犹生，我们还会有机会再享柔情蜜意。”

叫嚣声愈加响亮。高力士哀求道：

“请快些决断吧！再过一会儿，一切就都迟了！”

陛下抽噎得近乎无法喘气，他沙哑地说道：

“朕无力救她……”

杨玉环搂着他的脖子，颤颤巍巍地低声说道：

“臣妾求您一件事……我死后，请您不要看我……您爱的，是有着活跃思维和鲜活肉体的我……我不想让那可怕的死尸毁了我留给您的印象，您答应我吗？让高力士埋葬我！”

皇上有些犹豫，她一再坚持，他答应道：

“高力士，你听见了吗？按她说的去做……”

他还没说完，她就已经起身离去，跟着宦官走出房间，猛地推开入口的门。

叛军吃了一惊，不说话了。高力士高喊道：

“众军听着，万岁爷有旨，赐杨娘娘自尽了。”

欢呼声立刻响起：

“万岁！万万岁！”

高力士扶着浑身无力的杨玉环，穿过围墙，走在一群安静的士兵中间。这时，士兵们开始对他们犯下的罪行感到震惊。高力士推开庙门，让他陪着的人进去，自己守在庙门口。

庙堂深处的阴影中有一座祭坛，镀金佛像尊贵无争的脸庞闪闪发光，他一只手微微抬起，一副平静淡漠的样子。墙壁一边，一根开着粉色花朵的桃枝从打开的窗格中钻进来，桃树在这温暖的秋季花开二度，这是中国南方常有的第二春。

美人俯拜在祭坛前，默默祈祷。她站起身，宦官像是怕惊扰了游荡的灵魂，流着泪，低声问道：

“娘娘还有什么话要吩咐？”

“高力士！”她说道，“圣上春秋已高，我死之后，只有你是旧人，能体圣意，你要尽全力侍奉好他。”

“臣遵旨！”他用专为圣上准备的套语回答道。

“我还有一句话要说……”

她从袖子中取出一对金钗和一枚钿盒，递给他：

“这些是圣上定情所赐。你把它们放在我心口，与我殉葬。你答应我吗？”

“臣答应您。”

她叹了口气。

“唉！惧死之心令我肝胆俱裂。一种无名的忧愁纠缠住我不放……”

门外的士兵们再次怒吼起来。宦官转过身，朝他们走去，两眼喷射出怒火：

“别吵，你们这群走狗，杨娘娘即刻归天了！”

她环视四周，目光落在柔和的阴影中那一根亮粉色的树枝上。她缓缓解下白练，跪在地上，高声说道：

“万岁！臣妾叩谢圣恩！妾先走一步，让陛下为之忧伤，还请宽恕！”

宦官转过身，掩住脸。围堵在入口处的士兵们也低下头不敢看。

她找来一只小板凳，轻轻站上去，把白练束在开花的树枝上，打了个活结，把娇嫩的脖颈伸进去，用白练的另一头掩住脸颊。她犹豫了一下，脚用力一蹬，小板凳骨碌一声滚到一旁去。她那被紧勒的喉咙里发出一声惨叫，身体痉挛似的抽搐着，来回旋转。不一会儿，她的身体变得僵硬，停止了转动。

四周一片死寂。高力士转过身，面目狰狞，咬牙切齿，他低声对士兵们说道：

“退到后面去，你们这些人面兽心的东西！贵妃娘娘死了，你们的罪行也大功告成了。但愿这一刻搅得你们夜夜不得安宁！”

众人不堪羞辱，弯下腰，一声不吭地走开了。

宦官爬上小板凳，解开白练，把那依然柔软的迷人身体抱下来，放在祭坛前。他跑进屋，找来一大块绣着金边的白绸布，把它带到庙里。他虔诚地把金钗和钿盒放在花袖中，小心翼翼地包裹杨玉环的身体，像是怕伤着她一样。他用丝绸束腰绳捆住陪葬品，然后去通知他的主子：

“万岁！杨娘娘归天了。自缢的白练在此。”

他命人挖了一口墓穴，让遗体暂时安寝，等把皇陵从番人手中夺回来之后，再按照礼节，将贵妃安葬在她的夫君身旁。

这时，皇上走进庙中，跪在金佛脚下裹着锦缎的遗体旁。他一言不发，久久地待在那里，像是陷入一场痛苦的噩梦。他的爱意触碰到了升天之人被扼杀的灵魂，那游荡着的灵魂迟迟不肯离开那具迷人的身体。皇上的灵魂飘忽身外，与那片忧伤的影子合二为一……

高力士走过来。墓穴已经挖好，就在杨贵妃自尽的那棵桃树下。他把杨玉环抱过去，土一层层堆上，黑魆魆一片。一切都已完成。

皇上面色苍白，沉默不语。他转身回去，把自己关进破茅屋。

这时，庙里走进一个年迈的村妇，她来感谢佛爷让她安心度日。在通往祭坛的台阶上，她发现了一只小绣花鞋和一只丝织长袜，那是从香消玉殒者的小脚上掉落下来的。她恭敬地把它们捡起来，带回家去。

第二十四章

依沙宿舸船，石濑月娟娟。风起春灯乱，江鸣夜雨悬。
晨钟云外湿，胜地石堂烟。柔橹轻鸥外，含凄觉汝贤。
杜甫：《船下夔州郭宿雨湿不得上岸别王十二判官》

第二天，皇家一行人默默地离开马嵬驿，继续朝四川方向前进。

又到了一座城，他们找到一些必需品，行程有序地组织起来，时而陆路，时而水路，蹚过急流，穿过狭谷和隘路。

一天傍晚，他们来到路边的一座驿站。这座夹在河流和森林之间的驿站只有孤零零的一间房。站里圈养着几只母鸡、一头猪和一些兔子。房子很小，不过一路走来，卫队人数越来越少，这时只剩下百来人，无精打采，一声不吭地走着。

天上压着低低的乌云，森林里传来猿猴的阵阵哀鸣，一只夜鹰凄凉地呻吟着。行人们到了歇脚处，几滴寒雨打在他们脸上，一只狗汪汪直叫。湍急的河水发出的轰鸣像是严冬的声音。渔夫悠长的高歌声从河上升起：

高山大川，你们是多么壮阔！暴风疾雨，你们要赶去何方？……你们的呼啸和呻吟，撕碎了我们的心……[①]

皇上忧郁地坐在屋内，听着远处传来的声音，轻声说道：

“渔夫的歌声多么哀伤！唱出了我心中的痛！每个音都像是在哭泣，泪水注满了我胸中的愁思流成的长河。秋乐已经在枯萎的树叶间奏响。我孤独的灵魂因绝望而渐渐变冷。我的妻啊，你在那冰冷的墓穴下，要忍受怎样的煎熬！”

“万岁！”忠诚的高力士说道，“莫让悔恨压垮您的心灵。蜡烛已经点亮，有人送来温酒，您的床也已经铺好。明日路途遥远，还请您打起精神。”

用膳时，陛下做着吃饭的动作，却看不见自己在干什么，像是徒留了一具躯体在桌旁。他毫无意识地用手指蘸酒，在桌上写下他心中所想：

忆昔娇妃在紫宸，铅华不御得天真。霜绡虽似当时态，争奈娇波不顾人。

明皇帝：《题梅妃画真》[②]

---

① 原诗是杜甫的一首诗，经多方查证，未找到与法文相应的原诗，故自行翻译。——译者注

② 原诗是写梅妃的，此处被作者挪用描写杨玉环。——译者注

他躺下了，可还是竖着耳朵在听，像是在等什么人。没有人来。他终于睡着了，梦中多惊扰。

宦官坐在一张躺椅上，带着一种悲伤的关切之情，久久地守护着他的主人。他也睡着了。蜡烛噼啪作响。夜的哀怨笼罩在阴暗沉默的屋子上空。

皇上痛苦的灵魂挣扎着。它终于脱离了肉身，驾着飞速前进的思想，回到马嵬的庙中。它远远地望见爱妻游荡的灵魂，却既不能靠近它，也不能开口说话。它颤抖着，听见爱妻在悲叹：

“不见天日，与爱人生死两隔，多么可悲啊！我的爱人，你在哪？我夜夜寻找你的踪影，却总是看不见你。我这轻如薄纸的灵魂不知该去哪里找你。”

昏暗的夜色中走来另一个灵魂：是虢国夫人。杨玉环对她说：

“亲爱的妹妹，你是不是在地下尾随着我，一直跟到这暴死者之城来？”

“这里的冤魂太多，我不停地找你，却总也碰不见你。”

“那边，”贵妃又说道，“那不是哥哥吗……嫂嫂在那儿……还有我们两个姐姐。我们生在一起，死在一起，等到了阴曹地府，会不会还在一起……那是什么怪物？”

阎王的心腹，两只牛头夜叉手持长柄叉，一边追赶杨国忠，一边叫道：

“杨国忠，你这个贪赃枉法的东西，哪里跑！”

“从什么时候开始，竟然有人敢这么跟我说话？”丞相傲慢地问道。

“看来你把你一生的罪孽，把你的贪婪造成的绝望和死亡都忘得一干二净了。”夜叉冷笑道，“快点，跟我们走！昨天阎罗王对你下了判决，要你永世不停地上刀山，刀山周围种上茂密的荆棘，每根刺都是一把利剑。”

他们用铁链捆住杨国忠，边捆边用长柄叉刺他。杨玉环吓得尖叫道：

“啊！这只是在做梦，不是吗？我要醒过来，回到宫中去……如果我哥哥都被这样惩罚，我岂不是要遭更大的罪！”

这时突然出现一老者，目光平静，周身环着一圈光晕。皇上的灵魂认出他是土地神，专管此地的彼世生活。他朝杨玉环走来，向她致意：

“您不用担心遭到任何惩罚……相反，您的深情重义，您对皇帝的耿耿忠心和您的舍身之举已经打动上天。他决定封您为蓬莱仙女。从现在起，您就是太真公主，得享永世安宁。”

他一挥手，土地打开，杨玉环的身体出现在一片蓝光中。灵魂和身体合二为一。这时，仙女从袖中取出金钗和钿盒，用手帕包了，放回土中，地又合上了。她说道：

“我就要离开人世，可我想至少要把爱的信物留在人间……”

土地看着她，微笑着说道：

“只要这世界上还有一个男人和一个女人，对您那动人心弦的爱的回忆就永不会消散……”

说话间，她已经飘然而起，消失在银河闪亮的雾气中……

皇上忽觉一阵心痛，大叫一声，醒了过来。昏暗的房间里，燃烧的烛芯还在噼啪作响。

第二十五章

塞北途辽远，城南战苦辛。幡旗如鸟翼，甲胄似鱼鳞。

冻水寒伤马，悲风愁杀人。寸心明白日，千里暗黄尘。

杨炯：《战城南》

皇太子离开父皇后，带着一小撮人马，朝西北边境全速前进。

皇上谨慎地为他的儿子配备了由西部各民族太子组成的卫队。这些胡人乐不可支：战争、掠夺、得到丰厚回报的保证，在理性控制他们的破坏本能之前，谁不因此而欢呼雀跃？所有这些年轻的太子们都急着赶回故乡，坚信在那里一定会受到款待。皇帝的一个侄儿，敦煌郡王承寀亲自赶往天山的回纥人聚居地，说服葛勒可汗[①]派遣所有军队加入他们的队伍。于阗国王胜[②]也亲自前来。哈里发艾卜·哲尔法尔·曼苏尔[③]也派来一支军队。两年后，整个队伍壮大到十五万人。

为了在这些附属部队中树立威信，皇太子遵从父皇的建议，自封为皇帝，也就是后来广为人知的唐肃宗。他奉自己的父亲为太上皇。新任皇太子任军队统领，与李白曾救其一命的郭子仪将军并肩作战。

军队迈着坚定的步伐，浩浩荡荡地向京城开进。由于部队主要由骑兵组成，一行人马很快就到达渭河。一些散开作战的骑兵抢来宽敞的舢板，组成一座舟桥，安禄山的军队受到几面夹攻，反抗不得。郭子仪精选四千回纥骑兵，组成精英部队，像一阵狂风席卷宫殿。门口的侍卫不敢反抗。军队冲进宫殿。夜里，安禄山被一名将士捕杀。

---

① 葛勒可汗，即磨延啜，漠北回纥汗国第二任可汗。747—759年为汗。——译者注

② 即尉迟胜，于阗王尉迟硅的长子。唐天宝年间(742—756)，曾到长安朝见过唐朝皇帝李隆基，并带去了于阗的特产名马和美玉。安史之乱时，尉迟胜将王位让给弟弟尉迟曜，亲自率领于阗兵五千，到内地协助唐朝平定“安史之乱”。——译者注

③ 原名艾卜·哲尔法尔·阿拔斯，阿拉伯帝国阿拔斯王朝哈里发（754—775年在位)。曼苏尔是他功成名就之后获得的“胜利者”的美称。他是阿拉伯帝国阿拔斯王朝的实际奠基人，因为营建了巴格达这座“神赐予的城市”而名垂千古。——译者注

安禄山的儿子同时知道了父亲的死讯和敌军的到来。他从一道暗门中仓皇逃走，消失得无影无踪。

面对这双重灾难，驻扎在京城中的叛军惊慌失措。他们的将领怕引起居民不满，把他们安置在城南的平原上。

当从西北杀来的大军拉开战幕时，已是日上三竿。长安城的所有居民都站在城墙上，忧心忡忡地看着命运赐予他们的主人，心中做好了被抢的准备。

叛军以十万人马迎击保皇军，后者只有五万人，而且连夜赶路，舟车劳顿。李嗣业指挥这五万忠军，命他们誓死杀敌。军人们士气高昂，把拦住他们去路的一切都打翻在地。可是叛军倚恃人多马众，将他们层层包围，眼看就要把他们吞噬。这时，一支回纥军队在叶护指挥下，跨过一条稍浅的河流，从城东赶来。叛军背后遭袭，四下逃窜，秩序一失，整个军队很快就一败涂地。屠杀一直持续到下午五点。六万个首级被割，呈金字塔形堆在城墙前。

新皇帝当初为了能够得到番人帮助，曾许诺与他们分享长安城，把女人和财产送给他们，保留男人和土地。回纥军队正准备入城抢劫时，皇太子跪在可汗面前说道：

“如果你们抢掠京城，其他城池的居民就会加入叛军，誓死反抗。不如等占领了帝国中心，回来时，我们为你们大敞城门。”

可汗听了，颇为感动，命令所有军队马不停蹄地朝东部进发，凯旋的军队飞驰而去。

看到拯救他们的队伍远去，居民们兴奋不已，一片欢呼声直冲云霄。

肃宗进驻皇宫，挖出他亲手埋藏的一部分财宝。

人们在安禄山被刺的楼阁中发现了他的尸体，把它扔到菜市口广场上，让所有人都不再怀疑这个逆贼之死。这具穿着睡衣、半裸的庞大尸体立刻引来好奇者围观。

带油的血水从他的伤口中流出。夜幕时分，一个恶作剧者在他胸前的大口子上点燃一根火绳。看到这盏燃烧的奇灯，大家都惊叹不已，欢呼雀跃。另一些恶作剧者拿着刀，在他肚子上又划开几道口。很快，人们便看到他的肚子上点起八处冒烟的火焰，燃烧着篡位者身上厚厚的油脂。据史书上说，火焰烧了整整五天不灭。

至于那些奴颜婢膝、甘为叛军效劳的官员，人们把他们绑在木桩上，放到广场上示众，任由行人辱骂，直至饥饿而死。

太上皇率军前进途中，遇见派往蜀地的信使。肃宗亲自去京城门口迎接父皇，身上穿着太子袍，以此显示他愿意还位于父皇。太上皇却脱下自己的龙袍，披在肃宗肩上，说道：

“就让我在回忆中安享天年吧。我丢失了天下，是你把它复得回来。但愿你比我更懂得如何守住江山。”

他的让位之举赢得一片叫好。远退乡野的李白在一首诗中歌颂道：

谁道君王行路难，六龙西幸万人欢。
地转锦江成渭水，天回玉垒作长安。
万国同风共一时，锦江何谢曲江池。
石镜更明天上月，后宫亲得照蛾眉。
濯锦清江万里流，云帆龙舸下扬州。
北地虽夸上林苑，南京还有散花楼。
锦水东流绕锦城，星桥北挂象天星。
四海此中朝圣主，峨眉山下列仙庭。
秦开蜀道置金牛，汉水元通星汉流。
皇上一行遗圣迹，锦城长作帝王州。
水绿天青不起尘，风光和暖胜三秦。
万国烟花随玉辇，西来添作锦江春。
剑阁重关蜀北门，上皇归马若云屯。
少帝长安开紫极，双悬日月照乾坤。

李白:《上皇西巡南京歌》其四—其十

第二十六章

龙池宫里上皇时，罗衫宝带香风吹。满朝豪士今已尽，
欲话旧游人不知。白沙亭上逢吴叟，爱客脱衣且沽酒。
问之执戟亦先朝，零落艰难却负樵。亲观文物蒙雨露，
见我昔年侍丹霄。冬狩春祠无一事，欢游洽宴多颁赐。
尝陪月夕竹宫斋，每返温泉灞陵醉。星岁再周十二辰，
尔来不语今为君。盛时忽去良可恨，一生坎壈何足云。

韦应物:《白沙亭逢吴叟歌》

宫中一行人回到长安后，京城恢复了往日的欢乐景象。居民们把财宝从地里挖出来，和以前一样，他们每个季节都要去南山、西山或是渭河及其支流的河谷中欣赏自然风光。

充满悲剧意味的马嵬驿也成了一处著名景观。

每个游人都会争相一睹“绝代佳人”自尽处。一个名叫王婆的老妇人在那里开了一间酒楼，也可供行人过夜。为了纪念贵妃，人们在城门入口处盖了一座小庙，庙中的迎宾楼

可供行人歇脚。

秋末的一天，一个骑着白马、斜挎琵琶的人走进村来，朝庙中走去。当他看到那枝因借死于杨玉环而惹下罪名的桃枝，热泪纵横。接着，他来到围墙内贵妃墓的石碑前叩拜。

眼下正是京城躁动不安的时节。太上皇回宫后，让人在靠近长安的乾州城西北几公里外修建泰陵。他组织好一切，准备运送贵妃的遗体，把它安置在自己的墓穴旁。他亲自察看贵妃墓穴的开启情况。可令每个人大为震惊的是，遗体不在了，只留下她的长袍，袖中藏着爱的信物，那是往事的见证。土中散发的奇香让人不再怀疑：杨玉环已经成仙，到天上去了。于是只有长袍和珠宝被葬在了泰陵。

身挎琵琶的老者拜完石碑，走进王婆的酒馆。她带着生意人特有的微笑迎接他。他问道：

“您真藏有贵妃的袜子吗？我能不能看看这圣物？”

“当然可以。不过我可有言在先，这费用不包括在饭钱里。”

一个好奇者听到他们的话，也提出同样的要求。

她把他们引进大厅后的一间房子里。那里有一座上了挂锁的高橱。她推开青铜锁舌，打开橱门。袜子被别在一个靠垫上。她把它拿给那两个人看。

良久沉默之后，乐师双手合十，泪如泉涌。他不禁叫道：

“多么精美的织物啊，缠着细不可见的金丝！你的色泽还是那么鲜艳。贵妃身上的奇香还没有散尽！可是你曾经装点的玉体如今何在？你的晶莹薄透让我想起落日下的残云。皇上和整个宫廷中人以前都不敢怎么看你。可现在，你却在酒楼中被人手相传！唉！为何一世红颜最终却只能化作历史的永恒？”

他转过身，问那老妇人：

“这袜子多少钱能卖？我虽不富有，但愿意出个好价钱。”

“哎呀！”王婆抢回她的宝贝，说道，“我年事已高，膝下又无子女。没了这只袜子，我会被饿死的。再说，你要它做什么？不，不，我不卖。”

两位酒客付了一小笔参观费，回到大厅中。那位好奇者让乐师坐下，点了酒菜。他说道：

“越看您越让我想起旧宫中的一位名人。您不是乐队总领李龟年吗？”

“您怎么认得我？”他伤心地问道，“岁月和哀愁染白了我的头发，我的双鬓也被犁上了道道皱纹。”

“由于我热爱音乐，年轻时经常见得到您。叛乱之后您怎么样？您有没有随宫廷中人一起出走？”

“没有。我自行出逃了。我一个省接一个省地流浪，在茶馆里卖唱度日，不停地哀叹曾经拥有的美好时光。”

“我地位低微，倒是未遭大难……我们所有那些大诗人呢？我知道杜甫由于太过忠诚，被流放至边境做太守。李白呢？你知道他命运如何？”

“唉！他已经不在了。他离开京城时日已久。叛乱爆发时，他正在庐山。永王李磷想趁乱自立朝代。他久闻李白之名，派人请他出山，让他做宰相。诗人忠于先皇，拒绝了这一要求。可他却被看守在太子身边。不久，郭子仪乘胜追击，带着军队突袭此地，推翻了觊觎王位者。李白被捕，被带到郭子仪面前，你一定还记得，他曾救过郭子仪一命。元帅亲自为他松绑，跪在他面前，李白也俯下身来，以表感激。郭子仪立刻启奏御座，推荐诗人进朝廷担任要职。几天之后，陛下颁布一道诏书，封李白为第一史官。然而他热爱自由，加上怀念旧廷，所以不愿赴任。他继续旅行。一天傍晚，他与几位挚友在洞庭湖边散步。月色格外明朗。散步者们游兴甚浓，喝了无数杯酒，高声唱起歌来。忽然，空中传来一阵美妙的交响，接着湖面上卷起一阵旋风，人们看到一条巨鱼朝前游来，鱼前有两位举旗之神。一朵五彩祥云落在浪头上，当拜倒在地的游人们重新站起身时，李白已经离他们而去。只见李白站在鱼背上一群神仙中间，渐行渐远。从那以后，湖边建起一座庙，当地官员们在庙里放上贡品。”

天色已晚，黄昏暗淡了日光。乐师站起身说道：

“走之前，我还想再去拜一下石碑。”

“我陪您去。”

他们走出小屋，朝寺庙围墙走去。一阵优美的歌声让他们驻足。两个尼姑跪在那里，在阴影里祈福，她们一边烧香，一边摆上贡品。

那两个年轻女子站起身，看见乐师，同时叫了起来：

“李龟年，这是您的幽灵吗？”

“站在我面前的不是永新和常忆吗？”

“我们褪去舞衣，换上道袍，用祈祷代替了美丽的歌声。”

“你们怎么会在这里？”

“我们跟随主人一起逃亡。她归天以后，我们就告别了大部队，终日念佛，继续侍奉主人。皇室慷慨地为我们盖了这座庙，庙里收容了几位不幸的宫女。如果您愿意，也可在迎宾楼上借宿。”

第二十七章

节变寒初尽，时和气已春。繁云先合寸，膏雨自依旬。

飒飒飞平野，霏霏静暗尘。悬知花叶意，朝夕望中新。

明皇帝:《同刘晃喜雨》

日月如梭，光阴似箭。太上皇选择沉香阁作为寝宫。他彻底隐居深宫，身边唯一亲近的人就是忠诚的高力士。日渐加剧的痛苦让他变得软弱无力，也夺走了他所有的生活乐趣。深重的悔恨成为他的存在之最后表达。

他让宫廷中手艺最精巧的雕塑师为他不能忘怀的人雕了一尊塑像。面部用白玉雕成，头发用黑色大理石雕刻。雕刻衣服和飘起的披肩时，用了颜色不一的碧玉。塑像前常年点着香火，因痛苦而忽见苍老的皇帝整日守在盛放爱人侧影的房间中，寸步不离。

一天晚上，他半躺着，看见金盾似的圆月升上天空，他的眼中满是月光，那是他誓言的见证。

“啊！我的妻！我的妻！”他叫道，“你为何离我而去？……我在光影中重见你的面颊。你轻盈的身体在湖面的雾气中向我飘来。远离你时，我浪费了多少时间！我们曾经在争吵中糟蹋了怎样的幸福！……还记得七夕之夜我们祭拜牛郎织女，发誓永不分离。可你却在生活中离我而去……我在死亡中与你相会的时刻不是已经到来了吗？月亮啊！告诉我怎样才能与她重逢！”

就在他说话时，厚厚的云层缓缓升上天空，遮掩了闪烁的月光。一切都变得阴暗起来。一阵寒风吹得树叶沙沙作响，小灌木丛发出凄切的哀鸣。狂风越吹越大。忠诚的宦官小心地掩上窗格和门扇。

皇上坐在温暖的屋内，准备就寝。悔恨染白了他的头发，压弯了他高傲的背影。高力士帮他脱下沉重的绣袍，皇上对他说道：

“不知今晚我为何如此焦虑。暴风雨声令我心神不宁，回忆比往常更加让我抑郁难耐。似乎她就在我身边，却又拒绝见我。”

他还沉浸在梦中，窗外狂风大作。

“力士……力士？你有没有听到暴风雨中有奇怪的声音？”

“那不是雨水打在芭蕉叶上的声音吗？”

“不是，你听。”

宦官伸长耳朵听，却摇了摇头。

“我只听见风的轰鸣和树枝的折断声。”

“你听不出这凄凉的夜之歌吗？秋的万般愁思都融会其中……这是我的爱之秋和生命之秋。”

“我只听见屋顶上铃铛在响。”

陛下打断他的话：

“旋律越来越清晰，哀怨婉转……是不是夜之幽灵邀我与他们汇合？……”

“时候不早了，皇上安寝吧。臣就守在您身边，不让蜡烛熄灭了。”

“歌声动听的幽灵啊，”太上皇继续低声说道，“她和你们在一起吗？你们能否告诉我，在哪里能找得到她？”

“夜深了。鼓已敲过三更。陛下，陛下！您请休息吧。”

他终于躺下了，一片寂静中，不时传来暴风雨的哀鸣。忽然，睡梦中的人颤抖了一下。他看见两个士兵走进来，手里持着出鞘宝剑，拉着一个被捆的军官。他们走上前，说道：

“万岁！我们终于抓到陈元礼了……他在此。”

军官跪下，以头叩地：

“饶命啊！陛下圣明，饶了小人吧！”

“你这个杀人不眨眼的东西！你饶过别人吗？你放过了那

无辜之人吗？你以为你犯了罪，不会遭到惩罚吗？你以为你能逃得过去吗？把他拉下去碎尸万段，绝不留情。”

“遵旨！”

军官还在苦苦哀求，可士兵们已经用剑将他的肉一段段割下。这时，突然出现一只猪身龙首的怪物，肚腹坠至双腿。透过他的鬼脸，睡梦中人认出了安禄山的诡笑。他大惊失色，高声叫道：

“救命！救命！他要杀我！高力士，快来！”

他猛然惊醒，恐慌不已。忠诚的侍者已经来到床边，拉着他的手：

“我在这里，陛下！房间是空的……您请稍安勿躁。”

雨点不停地打落在窗格上，狂风肆虐，摇晃着屋瓦。

“你别走开，”皇上平静下来，说道，“我又听见这段仙乐了。夜之幽灵，等等我，领我去……”

他又躺下，睡着了。他的身体似乎浸润在一种更加清寒而光明的氛围中。他不停地起身，最终走进一座妙不可言的辉煌宫殿。

正殿位于一座熠熠生辉的院落中，一位美貌惊人的仙女坐在宝石座椅上，杨玉环站在她面前，周身闪着奇光。仙女严肃地对她说：

“我没有忘记你们在我面前立下的誓言。你们曾发誓生死永不相离。现在好几个月过去了，你成了仙女，是我们的人，长生不老，法力无边。你为何不想办法与你的爱人相会？”

杨玉环低下头，说道：

“我什么都没忘记。”

“那你为何抛弃他？今晚，他的祈祷又传到我耳边。他请求与你重逢。你为何不守在他身旁，在梦中安慰他，陪他一起等待你们在天上重逢的那一刻？他对你的深情和你死后他的绝望已经让他超越凡人，他的灵魂主宰了肉身，所以日后他也会成仙，这些你难道不知道吗？”

“我从未停止过对他的思念，”仙女终于说道，“可是当我想与他重逢时，对于我自尽那一刻的痛苦回忆就像一堵墙似的阻隔在我们中间。我不能原谅他同意让我俩分开……让我就这么死去。”

“你的牺牲积累的功德，不是已经让你成仙了吗？你的勇气和忠荩不是已经成为世间女子的典范了吗？”

杨玉环跪在地上，哭着把双臂伸向月亮。

“没有，我没有忘记他，我为自己的记恨感到羞耻。请允许我……允许我回到人间……我愿意再与他为奴。”

听了这些话，睡梦中的皇帝想往前冲，可一用劲，他醒过来。高力士微笑着说：

“陛下是不是看见娘娘了？一脸幸福让您龙颜生辉。”

陛下没有回答。窗外的暴风雨平息下来。铃铛还在发出清脆的声响。残雨一滴滴往下落。一片灰白驱散了窗外的阴影，黄莺婉转歌唱。不一会儿，百鸟齐鸣，可怕的夜落下帷幕。

平静的皇上拉住老臣的手，关切地看着他满是皱纹的脸庞和一头白发：

“忠诚的高力士，你不辞辛劳地照顾我的生活，转眼已有半个世纪。在这世上，我虽无所不能，却没有好好报偿你的无尽忠心。”

“陛下已经给了我您的信任和关爱。还有比这更丰厚的报偿吗？”老人简单回答道。

“我本可以更多地表达我的感激之情。如果我死后还有些影响，在让你得到应有的幸福之前，我是不会安歇的。”

老宦官眼中噙满泪水。

“万岁！有时我甚至以为您没有注意到我的付出！您的话带给我无尽的欢乐。”

“我知道自己时日不多了，”陛下继续说道，“我走后，一定要将贵妃的长裙和珠宝放进我的棺木，把她的名字和我的名字刻在同一块玉碑上，给她供奉和我一样的祭品。”

“陛下长命百岁，微臣还等着听您指示。您稍事休息：天就要亮了。”

皇上半躺在提花织锦垫上，微笑着，闭上眼皮。

百鸟齐鸣声渐渐化作美妙的旋律。一股无名的馨香渗透房间。神秘的晨曦点亮黎明。睡梦中，皇上微笑着低声说话，宦官伸长耳朵，听得不太清楚：

“哪里吹来的奇怪而柔和的微风，把我卷进温暖的旋涡？一切都只是光亮，清新，透明和美丽……我已分不出事物的形状，只能看见本质。那是夜宫……一群容光焕发的仙女朝前走来……她！她！我的妻，你在这里！我又看到了你的双眸，拉住你的手。曾经的爱再度在我心中汹涌……重逢的喜悦令我如痴如醉。我似乎与身体脱离了最后的联系……啊！”

他从床上立起来，又沉沉地倒下，睁着的眼睛一动不动，没了生命。

高力士恭敬地为陛下合上余热尚存的眼皮，泪水止不住流了出来。

他打开窗格，让早晨的清气透进房间，只见天上挂着苍白的月盘。似乎有两点亮光向它飞去，就像两颗星，周围环着一道光晕。它们紧紧相依，飞向苍穹。

长恨歌

汉皇重色思倾国，御宇多年求不得。
杨家有女初长成，养在深闺人未识。

天生丽质难自弃，一朝选在君王侧。
回眸一笑百媚生，六宫粉黛无颜色。

春寒赐浴华清池，温泉水滑洗凝脂。
侍儿扶起娇无力，始是新承恩泽时。

云鬓花颜金步摇，芙蓉帐暖度春宵。
春宵苦短日高起，从此君王不早朝。

承欢侍宴无闲暇，春从春游夜专夜。
后宫佳丽三千人，三千宠爱在一身。

金屋妆成娇侍夜，玉楼宴罢醉和春。
姊妹弟兄皆列土，可怜光彩生门户。

遂令天下父母心，不重生男重生女。
骊宫高处入青云，仙乐风飘处处闻。

缓歌慢舞凝丝竹，尽日君王看不足。
渔阳鼙鼓动地来，惊破霓裳羽衣曲。

九重城阙烟尘生，千乘万骑西南行。
翠华摇摇行复止，西出都门百余里。

六军不发无奈何，宛转蛾眉马前死。
花钿委地无人收，翠翘金雀玉搔头。

君王掩面救不得，回看血泪相和流。
黄埃散漫风萧索，云栈萦纡登剑阁。

峨嵋山下少人行，旌旗无光日色薄。
蜀江水碧蜀山青，圣主朝朝暮暮情。

行宫见月伤心色，夜雨闻铃肠断声。

天旋地转回龙驭，到此踌躇不能去。

马嵬坡下泥土中，不见玉颜空死处。
君臣相顾尽沾衣，东望都门信马归。

归来池苑皆依旧，太液芙蓉未央柳。
芙蓉如面柳如眉，对此如何不泪垂。

春风桃李花开日，秋雨梧桐叶落时。
西宫南内多秋草，落叶满阶红不扫。

梨园弟子白发新，椒房阿监青娥老。
夕殿萤飞思悄然，孤灯挑尽未成眠。

迟迟钟鼓初长夜，耿耿星河欲曙天。
鸳鸯瓦冷霜华重，翡翠衾寒谁与共。

悠悠生死别经年，魂魄不曾来入梦。
临邛道士鸿都客，能以精诚致魂魄。

为感君王辗转思，遂教方士殷勤觅。
排空驭气奔如电，升天入地求之遍。

上穷碧落下黄泉，两处茫茫皆不见。
忽闻海上有仙山，山在虚无缥渺间。

楼阁玲珑五云起，其中绰约多仙子。
中有一人字太真，雪肤花貌参差是。

金阙西厢叩玉扃，转教小玉报双成。
闻道汉家皇上使，九华帐里梦魂惊。

揽衣推枕起徘徊，珠箔银屏迤逦开。
云鬓半偏新睡觉，花冠不整下堂来。

风吹仙袂飘飖举，犹似霓裳羽衣舞。
玉容寂寞泪阑干，梨花一枝春带雨。

含情凝睇谢君王，一别音容两渺茫。
昭阳殿里恩爱绝，蓬莱宫中日月长。

回头下望人寰处，不见长安见尘雾。
惟将旧物表深情，钿合金钗寄将去。

钗留一股合一扇，钗擘黄金合分钿。
但教心似金钿坚，天上人间会相见。

临别殷勤重寄词，词中有誓两心知。
七月七日长生殿，夜半无人私语时。

在天愿作比翼鸟，在地愿为连理枝。
天长地久有时尽，此恨绵绵无绝期。

白居易（772 年—846 年）